SEAMUS HEANEY

# 一个博物学家的死亡

## 希尼诗 100 首

*100 POEMS*

〔爱尔兰〕谢默斯·希尼 著

罗池 译

人民文学出版社
PEOPLE'S LITERATURE PUBLISHING HOUSE

**著作权合同登记号　图字 01-2019-4147**

Seamus Heaney
**100 POEMS**


**图书在版编目(CIP)数据**

一个博物学家的死亡:希尼诗 100 首/(爱尔兰)谢默斯·希尼著;罗池译.—北京:人民文学出版社,2020
(巴别塔诗典)
ISBN 978-7-02-015328-2

Ⅰ.①一…　Ⅱ.①谢…　②罗…　Ⅲ.①诗集-爱尔兰-现代　Ⅳ.①I562.25

中国版本图书馆 CIP 数据核字(2019)第 111804 号

责任编辑　**卜艳冰　何炜宏　邰莉莉**
装帧设计　**高静芳**

出版发行　**人民文学出版社**
社　　址　**北京市朝内大街 166 号**
邮　　编　**100705**
网　　址　**http://www.rw-cn.com**

印　　刷　**上海利丰雅高印刷有限公司**
经　　销　**全国新华书店等**

字　　数　**75 千字**
开　　本　**889×1194 毫米　1/32**
印　　张　**9.25**
插　　页　**5**
版　　次　**2020 年 1 月北京第 1 版**
印　　次　**2020 年 1 月第 1 次印刷**

书　　号　**978-7-02-015328-2**
定　　价　**65.00 元**

如有印装质量问题,请与本社图书销售中心调换。电话:010-65233595

目录

# 家人小序

这本一百首诗的选集并非来自突发奇想。我的父亲本人生前一直琢磨着一本这样的书，尤其在他晚年，都已经跟他的编辑和挚友们着手讨论了。“精选”的概念总是让他着迷，他编过《诗选 1965—1975》《新诗选 1966 —1987》《开垦地：诗选 1966 —1996》等等——还有很多翻译的选本，但迄今还没有一部单卷本能从头到尾地体现他的整个写作生涯的广度。

现在，将近他去世五周年之际，我们，他的直系亲属，又回到这个构想。本质上，这个选集跟我们的父亲可能会做的选集已经不同了——或说，这是一个独立编辑版。我们自拿主意从他创作的 12 部诗集（2 本除外）选稿，但未收入《迷途的斯威尼》《贝奥武甫》等译诗。选集既囊括了他备受喜爱和赞誉的众多名篇，还有他最喜欢朗诵的诗作，那美妙的声音至今萦绕。另一方面，我们还选入了一些对我们个人具有特殊意义的作品：对逝去友人的缅怀；对多年前一个假日的追记；我们家老宅的熟悉物件。我们每个人——我的母亲玛丽，我的哥哥迈克和克里斯托弗，还有我——都怀着一生的回忆投入这项工作，但没有谁比我的母亲做得更多，她要从跨度长达五十年的厚厚爱情诗卷中进行选择。也许，最后得出的诗选集不可避免地侵染了我们共同生活的私人印记。

但我们还是希望所有的人都能在本书中找到宝贝或者惊喜：让新来者第一次读到这些诗就乐有所得，让多年热爱者能重温一些久违了的心爱章句，或再次倾听那随着岁月流逝而变化和成熟的诗性声音。当然，很多读者会带着他们自己的特殊记忆和联想来看这本书——也许会有某首诗帮他们标记了欣喜的一刻，或者给他们带来慰藉。

最后，这本诗选不仅是一个“悼念集”，它更是一个卓越诗人的庆典。他本人曾说过，他已开始把生命设想为“从最初的中心扩展开去的一圈圈涟漪”；我们希望本书能让人记住他的作品中昂扬充沛的艺术活力，让那无尽的生命荡漾到每一位新读者的心中。

凯瑟琳·希尼

# 选自《一个博物学家的死亡》（1966）

# 挖

在我食指和拇指中央
捏着大粗笔；趁手如枪。

在我窗下，一阵干脆的刮擦声
是铁铲插进了砂砾层：
我爸爸，在挖地。我俯下身

望着他那紧绷的屁股在花圃当中
匍低又撅起，就这样二十年
按着韵律在土豆畦间屈伸，
他挖掘不停。

粗皮靴挨紧脚踏，铲柄
抵住膝盖内侧被稳稳地掀起。
他刨掉长梢头，又再掘进闪亮的铲刃
翻出了新鲜土豆让我们去捡，

真喜欢它们在手里清凉发硬的感觉。

上帝为证，这老头使得一手好铲。
跟他的老头一样

我爷爷一天里劈出的泥炭
托纳沼地的任何人都比不过。
有时我给他送去牛奶，
纸团马马虎虎塞住瓶口。他直起身
把它喝掉，然后马上弯腰
整齐地切好割好，又铲起草皮
摔过肩头，越挖越深，
去寻找好炭。挖。

土豆田的清冷气味，潮湿的泥煤地
发出的嘎吱和噼啪声，铲刃的明快刨削
切过鲜活的根脉在我的头脑激越不息。
但我没有铁铲去追随他们那样的人。

在我的食指和拇指中央
捏着大粗笔。
我要用它去挖。

# 一个博物学家的死亡 ①

整年里那沤麻池在镇区的中心
发脓；青绿的结籽累累的
亚麻早已腐烂，被大块草泥压紧。②
每一日它煎熬在惩罚性的暴晒中。
水泡泡细致地漱喉，蓝蝇
绕着臭疽用噪声缠上厚纱布。
这里有蜻蜓，有花斑蝴蝶，
但其中最带劲的是蛙卵，
那温厚绵密的涎唾像结团的水块
巴在岸边阴凉处。在此地，每年春，
我都要装上满满几个果酱瓶的胶冻状
小麻点点回来排在家中窗台上，

① 博物学家（naturalist），原指达尔文等早期科学家，以及爱好自然课的小学生，又指文学艺术和哲学思想上的自然主义者。

② 亚麻在断青、成熟后才收割，脱籽然后进行沤制。浅池沤麻在日晒充足时最多只需一两个星期，时间稍久则过度腐烂，麻池恶臭，并造成严重水体污染。另，亚麻和亚麻花是北爱尔兰的象征。

和学校的搁架上，然后守着看着，
直到那些胖乎乎的小球爆开，变成灵活
游动的蝌蚪。沃尔斯女士会告诉我们
青蛙爸爸为什么会被称为大牛蛙，
还有他怎样呱呱叫然后青蛙妈妈怎样
产下千百粒小蛋蛋，这就是
蛙卵。你们还可以用青蛙分辨天气
因为它们变黄的时候就出太阳要是棕色
就下雨。

后来在一个大热天，田野的草丛里
满是臭牛粪，大群愤怒的青蛙
侵略了沤麻池子；我钻进树篱笆
躲避那一片从未听闻的粗野
呱鸣。空气里充斥着低沉的合唱。
就在池沿下边肚皮肿胀的青蛙一垛垛
交媾；它们松弛的颈脖如风帆鼓动。有的在跳：
噼啪和噗通都是猥亵的恐吓。有些坐着，
像一团团烂泥手雷，它们的愚钝脑袋里臭屁冲天。
我直犯恶心，转身就跑。伟大的黏浆诸王
齐聚在此准备复仇，而我知道
如果我敢把手伸进去，就会被蛙卵一把抓住。

## 采黑莓

致菲利普·霍布斯鲍姆①

八月末，只要充沛的雨水和阳光
能持续一周，黑莓就成熟了。
起初，仅有一枚，油亮的紫色凝滴
从其他或红或绿的硬疙瘩当中冒出来。
你吃下了第一枚，那果肉甜得
像增稠的红酒：夏季的血浆
在舌头留下印痕和诱人采摘的
欲望。不久红果子也染黑，那份饥渴
驱使我们出门，提着牛奶桶、罐头盒、果酱瓶，
刺条刮擦，湿草漂白着我们的靴子。
一路绕过草场、麦地和土豆畦
我们边跋涉边采摘直到桶子都满满，

---

① 菲利普·霍布斯鲍姆（Philip Hobsbaum，1932—2005），英国诗人、批评家，著名的诗社组织者，对希尼的成长有重大影响。

_8

直到叮叮当当的桶底已被绿果子
覆盖，而堆顶上那些灼人的大黑珠
像一盘眼睛。我们的双手扎满了
棘刺，手掌黏巴巴的像蓝胡子[①]一样。

我们把新鲜莓子在牛舍里贮藏。
但浴盆注满时我们却发现一层绒毛，
一种鼠灰色真菌，正狼吞我们的珍馐。
果浆也在发臭。一旦离开枝头
莓子便开始腐烂，甜肉随之变酸。
我总觉得想哭。这不公平啊，
满桶满桶的美味竟全都发出烂臭。
每年我都指望它们永存，又明知不能够。

① 蓝胡子（Bluebeard）是法国童话中勾引女性、血腥杀妻的坏蛋。

## 追随者

我爸爸驭着一套马在耕田，
他肩头鼓圆像一张满帆绷紧
在两根辕子和犁沟的中间。
他叮铃甩动前梢[①]，马儿就使劲。

一位行家。他会设好犁板
并固定雪亮的钢尖錾头。
草泥翻卷一旁，连续不断。
到了田埂边，轻轻一抖

缰绳，汗淋淋的双马便转身
回到地里。他眯眯眼睛
对这场子瞄一瞄，便精准

① 前梢（tongue），耕马的驭绳或铁链的前端，马车辕的前伸长杆；常用义：舌头。

测绘了犁沟的图形。

我在他的钉鞋辙子里踉跄，
不时绊倒在光滑的草泥里；
有时他把我驮在背上，
随着他的跋涉我一伏一起。

我真想快快长大，下地耕田，
眯上一只眼睛，鼓起我的胳膊。
但那时我只能跟在他后边，
追随那宽大的身影旁观农活。

我曾是一个大麻烦，跌跌撞撞，
吵吵嚷嚷个没完。但如今
却轮到我爸爸老是踉踉跄跄
跟着我，不管他都不行。

## 期中短假[①]

我整个上午都坐在学校的医务室
数着钟声的报丧把课业终结。
直到两点我们的邻居载我回家。

在门廊我看见爸爸在哭——
他以前对葬礼总能从容应付——
老吉姆·埃文斯说这是一锤痛击。

宝宝在童车上咿呀笑着摇着
迎我回家，而令我尴尬的
是那些大人站起身来跟我握手

并对我说他们“很体谅我的痛苦”。
然后又跟陌生人嘀咕我是长子，

① 短假（break），学校的假期，常用义：打破、折断，可引申为：夭折。

一直住校，而同时我妈妈把我的手

抓在她手里，并喘着悲愤的无泪唏嘘。
十点钟，救护车送回了，
尸体，已经过护士们止血包扎。

第二天上午我走进楼上那个房间。雪花莲
和蜡烛在床畔予以抚慰；六周来第一次
我见到了他。现在更加苍白，

一块罂粟红的瘀痕挂在他的左边太阳穴。
他躺在四尺长的匣子里，跟他的围床一样大。
没有夸耀的伤口，保险杠把他撞得干脆。

四尺长的匣子啊，一尺便是一岁。

# 卜者[①]

他从绿篱砍下一根开衩的榛条
然后紧紧握住那 V 字形两端：
在地皮上转圈，追踪水源的搏动，
他神经紧绷，但不慌不乱

内行得很。那搏动如针扎传来。
卜杖在精准的震颤中抽搐，
泉水猛然通过一根嫩榛条
将它的那些秘密电台播出。

看客们也都想尝试一番。
他便递过了卜杖一声不吭。
在他们手里它无声无息，而他从容地
抓过期待者的手腕。榛条激动万分。

---

① 卜者（diviner），诗中指通过神秘仪式以寻水源、探矿脉的地理先生，又叫 dowser。另，西方传统上也常将诗人视为神灵附体的先知。

# 双倍羞羞[①]

她戴碧姬芭铎头巾，
穿麂皮平跟鞋来散步，
那天傍晚我们两一起
享受微风和愉快的倾诉。
我们跨过平静的河流，
沿着大堤向前漫步。

车流屏住呼吸，
天空收紧了横膈膜：
暮色如背景高悬
在天鹅舔额处惊缩，
像一只高悬的鹰
死寂又冷静的怯懦。

---

① 标题原文：Twice Shy，出自英谚：once bitten，twice shy（一次受挫，再次怯懦）。诗中使用了一系列有关紧张、颤抖、惊跳、畏缩的多重语义的词。

无欲无求的真空
摧毁双方寻猎的心
但抖颤中我们却相互
远离，像猎物和鹰，
持守正统的礼节，
我们的话题向艺术转进。

我们的少年习作
已教导彼此都要等待，
切莫急于发表情感
以免懊悔但为时已晚——
而疯长的爱情却早已
在恼恨中绽放并爆开。

所以，谨慎着又兴奋着
像黄鹂和老鹰拴在一处，
我们在三月的黄昏里颤抖
说着紧张而幼稚的叙述：
河底那沉沉的流水
沿着大堤涌动了一路。

## 脚手架

工匠们在动手建造之前
要仔细把脚手架检查一遍：

确保踏板不在忙乱时松掉，
加固所有梯级，并拧紧螺帽。

但完工之后一切都会拆光，
露出那些坚实牢靠的石墙。

所以，亲爱的，若是你我两人
之间的旧桥像要离析分崩，

别害怕。不妨让脚手架倒落，
我们筑起的石墙有十足把握。

## 个人的诗泉

致迈克尔·朗利[①]

小时候，谁也不能叫我离开水井
以及装了绞盘和斗桶的老泵站。
我爱那幽黑的井底，深陷的天空，
水草、真菌和湿苔藓的气味。

砖厂有一口井，盖着朽木板。
我品味过当绳索放尽时
水桶坠落的洪亮撞击声。
那深深的井底连影子都看不到。

干砌石渠底下有一口浅井
却像个水族馆一样繁盛。
若你从松软的草层拨开长长根茎

---

① 迈克尔·朗利（Michael Longley，1939— ），北爱尔兰诗人，希尼的同仁。

便有一张白脸庞在井底浮现。

其他水井则有回声，把你的呼喊
带着全新的乐音返还。有一口
很是吓人，蕨草和高大的毛地黄丛中
突然窜出一只耗子砸散了我的倒影。

如今，若还去挖寻根底，探摸黏泥，
像瞪着大眼的那耳喀索斯去凝视某个水泉，
那就有损成年人的尊严了。我用诗歌
来察看自己，并让黑暗回声共鸣。①

---

① 在古希腊神话中，赫利孔山（诗泉所在）的仙女厄刻（意即声音、回声）爱上了美男子那耳喀索斯，遭到拒绝后伤心而死，只留下声音回荡；那耳喀索斯也遭到神罚，沉迷于自己的水中倒影，死后化作水仙花。

选自《通往黑暗的门》（1969）

# 铁匠铺

我只记得一扇通往黑暗的门。
门外，锈蚀的轮轴和铁箍；
门内，锤击铁砧的短促叮当，
叫人难以捉摸的扇尾形火花
或新马掌在水中韧化的嘶啦声。
铁砧想必位于当中的某处，
一端如独角兽翘起，另一端方正，
纹丝不动地矗着：如一座祭台①
让他在形体和乐声中把自己消耗②。
有时，他系着皮围裙，满鼻子毛茬，
斜倚在门柱，回想当年马蹄得得
在车流中敲打出一串串火星；
然后嘟囔着进门，一重一轻地
锻造真铁，拉动风箱。

---

① 祭台（altar），拉丁词源本义：燃烧祭火的高台。

② 消耗（expends），拉丁词源本义：称量、评判、补偿等。比如“他”在烈火中通过打铁的美妙创造来评估自我、补偿苦劳。

# 半岛

当你不再有话要说，就开车
在这半岛上转悠一天吧。
天空高挂在跑道的前方，
地面没有标志，所以你不会抵达

虽然一路通行，不断避开滑坡[①]。
黄昏时，地平线饮尽大海和山峦，
新翻的耕地吞吃了刷白的山墙
而你重新陷入黑暗。此刻再回想

釉亮的前滩和剪影般的倒木，
把浪花撕成碎沫的那座礁石，
凭自己的长腿高高跷步的长脚鹬，

---

① 滑坡（Landfall），又指航船、飞机的靠岸、着陆准备。诗中指不断避开话题。

在浓雾中浮现身形的那些岛屿，

然后开车回家，还是没有话要说，
不过你现在可以把所有的风景破解
如下：事物全凭各自的形体建立，①
水和土都在此达到它们的极致。

① 意即：风景不依赖人的主观看法而存在，如水鸟全凭自己的长脚跨步。

# 光头党人安魂曲 ①

我们在大衣的兜里装满大麦——
前方不再有厨房，没有显赫的营寨——
在自己的土地我们来去如风。
牧师跟流浪汉一起在壕沟里匍匐。
一群人行军艰苦——全凭徒步——
每一天我们都会发现新的战术：
我们用长矛割断缰绳和圈栏，
驱赶奔牛闯进步兵团，
穿过树篱撤退，让骑兵勒马兴叹。
直到，维尼戈山，那场宿命的密会。②

---

① 18世纪末的爱尔兰义军模仿法国革命者剪短发，被戏称为“光头党”（Croppy），意即像收割过的麦茬；大部分义军实际上只是手持长矛、镰刀、草叉的上田农民。

② 维尼戈山（Vinegar Hill），位于爱尔兰东南部，盖尔语原意“梅林山”（Cnoc Fiodh na gCaor）。1798年6月21日，在维尼戈山战役中，义军大营被击溃，千人战死，两万人逃亡，是起义失败的转折点。诗中将这场会战称为“密会”（conclave），原指罗马的枢机主教团选举新教宗的秘密会议。

横尸遍野，向大炮挥舞钐镰。
山坡染红，浸泡在我们粉身碎骨的浪涛。
我们被埋葬时没有裹尸布或棺材，
到八月，金黄的大麦从墓穴中生长。①

① 义军战士随身携带生麦粒为干粮，所以乱葬岗长满大麦，后来大麦成为爱尔兰民族精神生生不息的象征，如爱国歌曲《风吹麦浪》(*The Wind That Shakes the Barley*)。

# 夜车

日常事物的气味
在穿越法国的夜车上焕然一新：
雨水、草料和树林在空气中
化为暖流涌入敞开的车窗。

一块块路标不屈不挠地雪亮着。
蒙特勒伊、阿布维尔、博韦，①
已在望，在望，到来又过去，
每一个地方都如约履行了它的名字。

加班的联合收割机一路哼哼哧哧
在工作灯照射下吐出粮食。
一片野火闷燃渐熄。
小餐馆一家接一家打烊。

---

① 法国北部的三个城市。

我一路不停地想你，

远在千里之南，在那幽暗中，

意大利将下身拱向法兰西。

你的平凡也在那里焕然一新。

## 天赐之音

在极西的布拉斯基岛[①]
一座干打垒的窝棚里
他从夜色中获得这乐曲。

奇异的声响被听闻
在其他聆听者耳中，破碎的
音调从喧嚣风暴传来

已毫无旋律之美。
他责怪那些人笨手拙耳
一窍不通，尽胡拉乱弹，

因为他曾独自深入荒岛

---

① 布拉斯基群岛（Blasket）位于爱尔兰西南海外，相当于天涯海角，当时已无人居住，但那里的小渔村曾诞生过多位现代爱尔兰语作家。据说古代布拉斯基渔夫从鲸群的鸣声中领悟仙音（Port na bPúcaí），传唱至今。

并带回了完整的东西。
剧场震颤，一如他的全尺寸提琴。

所以我不管他是否称之为
灵魂音乐。他从大西洋深处
在海风里将它提取出来。

在虚无中，他仍回响不息。
那乐声沉郁地从琴弓传出，
在夜空里重述着自身。

## 沼原

致 T. P. 弗拉纳根 ①

我们没有大草原
在傍晚分切一轮圆圆的落日——
四面望去，眼睛都要承让
那侵占成性的地平线，

并被诱入独眼巨人额前的 ②
深潭。我们无边无栏的疆土
是一片沼泽，每日见到阳光前后

① T. P. 弗拉纳根（T. P. Flanagan，1929—2011），北爱尔兰画家，希尼好友，1960 年代末的系列作品以厚重、抽象的笔触表现爱尔兰风景，其中有《沼原》题赠给希尼。这首诗是希尼给弗拉纳根的回赠。

② 意即，爱尔兰人的眼睛总是要被大沼原的深潭般的眼睛吸引。在赫西俄德《神谱》中，三位独眼巨人是天地之子，以光明雷电为名，强壮、丑陋、粗鄙，曾被天神镇压在地狱深渊，但却是最伟大的工匠，获释后被奥林匹亚诸神锻造了最强大的神器，如宙斯的雷霆杖、波塞冬的三叉戟、阿波罗的日弓、阿耳忒弥斯的月弓、哈得斯的幽冥盔和坚不可摧的圣城等等。

一层层不断地结壳又龟裂。①

有人从泥炭中掘出
大爱尔兰麋鹿的②
骸骨，又把它组装起来，
像一个空虚的巨型板条箱。

而奶油深埋
历经百年之后
变成盐花花的雪白。
这土地是温厚乌黑的奶油

在脚底溶融、挤开，
消解着亿万年来
它的最终界定。
在这里，不可能采到精煤，

---

① 意即，相比横向的宽广无际的美国西部大草原，爱尔兰沼原的纵向的深厚也是无际的，它一层层的沉积如同历史的书页，又像多次曝光的胶卷底片。

② 大爱尔兰麋鹿（Great Irish Elk），拉丁文名 Megaloceros giganteus（巨大角鹿），冰河时期物种，身高可达3米以上，遗骨化石多在爱尔兰沼地中发掘到，曾是北爱尔兰政府纹章的左立兽。诗中意在指出“大爱尔兰”。

只有大杉木被水泡烂的
躯干，软成一团纸浆。
我们的开拓者不停开挖，
向内、向下，

他们剥开的每一层泥土
都似乎曾有人驻扎。
那些沼坑怕是大西洋的渗水孔。
那湿处的中心是无底的。

选自《越冬》（1972）

## 安阿霍利什[①]

我的“净水之所”。
世界上第一座山，
那里有清泉冲刷着
晶莹的草地

和小径路基上
乌黑的卵石。
“安阿霍利什”，柔软的
辅音坡度、元音牧场，

灯光的余影
透过场院
摇动在冬日傍晚。

① 安阿霍利什（Anahorish）是希尼家乡附近的一个村庄，盖尔语原意“真水山”（Anach Fíor Uisce），因山上有多处泉眼而得名，希尼曾在那里读过小学。

载着水桶和推车的

那些山地居民[1]
走进齐腰深的浓雾
在水井和粪堆上
敲碎薄冰。

① 山民也包括爱尔兰传说在仙山之中住着的永生仙人，他们会用仙桶酿仙酒。

## 布鲁阿赫[①]

河滨，长长的田垄
在阔叶酸模中结束，
一条密仄的小径
通向浅滩。

花园的腐殖土
疏松易碎，阵雨
聚在你的鞋后跟下
呈黑色的 O，

如“布鲁阿赫”
那低沉的鼓点

① 布鲁阿赫（Broagh），希尼家乡的一个村庄，与道森镇相邻，盖尔语意为岸滨（bruach）。

在迎风的波波树①
和大黄②叶梗子当中

结束得几乎
猝然，就像词尾的那个
“gh”，叫外地人③
实在难以掌握。

---

① 波波树（boortrees，bourtree）即接骨木，因树枝木质部可抽出制成玩具噼啪筒而名，诗中可能指枪炮，下行的叶梗指刀剑。

② 大黄（rhubarb）有长叶柄，在西欧用作果蔬。

③ 外地人（英国人）一般把 Broagh 念：布鲁、布罗格。

# 另一边

1

在齐腿深的莎草和金盏花丛中
一个邻居将他的影子投在[1]
溪流上，引证说：

“这块地，穷得跟拉撒路一样，”[2]
然后从晃荡的枝叶间
一扫而去。

我躺在他家的草坡
和我们的休耕地的交界处，

---

① 希尼小时候的一个邻居是新教徒，希尼家是天主教徒。

② 参见《圣经·新约》(路 16：19—31）财主和拉撒路的比喻：拉撒路是一个浑身烂疮的乞丐，死后上天堂，而财主死后下地狱。财主求亚伯拉罕怜悯，亚伯拉罕拒绝了，他说，“在你我之间，有深渊限定，以致人要从这边过到你们那边是不能的；要从那边过到我们这边也是不能的。”

窝在苔藓和灯心草丛里，①

我的耳朵忍受着
他那传说般的、圣经式的不屑，
那种上帝选民的腔调。

每当他以那副样子站在
另一边，满头白发，
用黑刺李手杖

挥打着湿地的野草，
他总是对我们贫瘠的田亩作出预言，
然后转过头

走向他那高居山坡的
上帝应许的垄畦，身后的花粉
一路飘过我们的田埂，下一季长成稗子。②

---

① 《伊索寓言》中有一棵小小灯心草吹牛说它的烛光比日月星辰还辉煌，结果被一阵微风吹灭了。

② 参见《圣经·新约》(太 13：24—30）稗子的比喻：天国好像人撒好种子在田里，但人睡觉的时候，仇敌来了，将稗子撒在麦子里就走了，到长苗吐穗的时候稗子才显出来。但是不能薅稗子，那样会连麦子也拔出来，只能等到收割时再进行分别。

## 2

多日来，我们诵读
始祖们的一篇篇格言：
拉撒路、法老、所罗门

还有大卫和歌利亚恢弘地
滚滚而来，像满满的运草车[①]
对我们的小巷来说实在太大了。

或在辙子上磕磕绊绊——[②]
“我相信，你们那边的会所
根本不是依着《圣经》来建的。”

他的脑子是刷得雪白的厨房，
挂满经文，打理整齐，
就像一座新教堂。

## 3

有时，当《玫瑰经》哀哀戚戚

---

① 滚滚而来（rolled），也可理解为：信口道来、口若悬河。
② 磕磕绊绊（faltered），也可理解为：结结巴巴。

在那厨房里磨蹭，[①]
我们会听到他的脚步绕着山墙，

但直到连祷文结束
才会听到门口传来敲击声
而门阶上响起轻松的

口哨。“夜色优美啊，”
他也许会说，“我刚好遛弯路过，
突然觉得，不如顺便拜访一下。”

但此刻我站在他身后的
漆黑庭院里，在祈祷的哀怨声里。
他一只手插着裤兜

或用木杖踩着小曲的节拍，
怯生生地，好像他撞见了
别人在做爱或者哭泣。

我不知道我是该溜掉，
还是上前去拍拍他的肩膀
然后谈谈天气

或草种的价格？

---

① 《玫瑰经》是天主教的祈祷文，诗中可能指希尼家的祈祷声音传到邻居那边。

## 图伦男子[①]

1

总有一天我会去奥胡斯[②]
看看他那泥褐色的头颅，
他的嫩豆荚式的眼睑，
他的尖顶皮兜帽。

在那附近的原野
人们将他掘出，
他的最后一餐冬储草籽稀粥
已在胃中结块，

---

① 图伦男子（Tollund Man）是1950年在丹麦沼地发现的一具古代男性干尸，保存完好，面容如生。研究发现，他是被绞死的活祭牺牲品。

② 奥胡斯（Aarhus），丹麦第二大城市，靠近图伦男子古尸的发现地和博物馆。

浑身赤裸，只有
帽子、绞索和腰带，
我会在那里看上很长时间。
他是献给女神的新郎，

而她在他身上抽紧项圈
并打开了她的沼泽，
那些乌黑的浆液把他
泡制成一具长存的圣体之躯，

泥炭工的蜂巢般的
矿坑里的宝藏。
如今他那脏污的脸庞
安息于奥胡斯。

2

我要斗胆冒黩，
奉这蒸腾的泥沼
为我们的圣地并祈求
他能够催发

那些散落、伏藏的
劳动者的血肉，
横陈在场院里的
只穿袜子的尸首，

流露真情的皮肤和牙齿
斑驳了枕木，
年轻的四兄弟被一路
沿着铁路拖行。[①]

3

当他乘着囚车[②]
他那悲哀的自由会有些许
降临我身上，驱策我，
说出这些名字：

图伦、格劳贝勒、尼贝尔加德，[③]

---

① 爱尔兰内战期间（1919—1921），有四个天主教徒兄弟被新教徒民兵杀死，他们的尸体被挂在列车上拖行破碎。

② 囚车（tumbril），常指法国大革命时期送死刑犯上断头台的车具。

③ 丹麦沼地古尸的发现地，也是古尸的名字。

我张望那些乡民的
指路的手势，
完全不懂他们的语言。

远在日德兰
那些古老的杀人的教区
我会感到失落，
郁郁寡欢又宾至如归。

## 婚礼日

我很害怕。
那一日的声音已停止
而影像还在转啊[1]
转啊。为何他[2]泪流满面，

悲痛欲绝地站在
出租车外？哀悼之液
涌动在我们那些挥手
告别的宾客身上。

你在蛋糕塔后面唱歌，
像一个被遗弃的新娘
在疯狂中坚持

① 回忆如录像倒带，或默片老电影。
② “他”大概指诗人的父亲。

走完所有仪式。

上洗手间的时候
我看见一颗被刺穿的心
和一句爱的箴言。请让我
靠着你的胸脯一直睡到机场。

## 西行记

作于加利福尼亚

我坐在兰德麦纳利[①]的
月球全景图底下——
它色如蛙皮，
那些放大的毛孔

满张着，齐眉高的那颗
叫“皮提斯楚斯”[②]——
回想昨夜
在多尼戈尔，我的影子[③]

齐整地在白墙上

---

① 兰德麦纳利（Rand McNally）是美国著名地图出版社。
② 皮提斯楚斯（Pitiscus）是月球南部的一个环形山，在月图上一般位于右下角，环中有一个小山锥，略如粉刺。
③ 多尼戈尔（Donegal）是爱尔兰最北部的一个郡，在北爱尔兰的德里郡西边。

映着她瘦削的光彩，
场院里的圆石
如鸡蛋一般皎洁。

夏季已成自由落体，
到此结束，
西部的竞技场
空空荡荡。圣周五[①]

我们已经出发，
路过午后拉闸的商店，
静穆的教堂前静滞的车流，
墙边倚靠的一排单车；

我们向前开，
一个渐渐消除的梗阻，
此时的铃舌也摇响
在空置的祭坛，[②]

---

① 复活节前的星期五即耶稣受难纪念日，天主教地区的店铺大多早早打烊，虔信徒守斋戒、行苦路，教堂先保持完全肃静，然后举行拜十字架、领圣餐等仪式。

② 圣周前期，祭坛完全清空，十字架敬拜仪式时才逐渐放置礼器。

信众俯首敬拜
镶金嵌玉的十字架。
是怎样的铁钉断开这时辰？
前路甩开，甩开了

辽远的光线，如浮标
悠悠落在
粼动的水面。
在月球的瘢痕[①]之下，

六千英里之外，
我想象一颗无忧的尘埃，
那松弛了的重力，
在基督的双手中衡量。[②]

---

① 瘢痕（stigmata），在天主教又特指耶稣受难时留下的创伤圣痕。

② 十字架上耶稣的两手被钉；伽利略在比萨斜塔投下两颗重量不同的铁球，证明了自由落体定律。

选自《北方》（1975）

# 莫斯浜[①]：献诗二首

给玛丽·希尼[②]

## 1. 阳光

曾有一种阳光下的空无。
披盔戴甲的泵井在场院里
晒热了它的钢铁，
井水醇化

在吊桶里，
而太阳高悬
像一张煎锅
靠着墙边歇凉

度过每个漫长的下午。

---

① 莫斯浜（Mossbawn），作者的老家、出生地。
② 玛丽·希尼是作者的姑妈，非常疼爱他。

那时，她的双手
在揉面台上搏斗，
当通红的火炉

给她送去
炽热的勋牌，
她穿着面粉扑扑的围裙
站在了窗前。

此刻她用鹅毛掸子
刷干净案板，
此刻又坐下，膝头宽阔，
指缝粘白，

小腿斑斑点点：
这里又重新成为
一个空间，松饼鼓胀
在两口时钟的滴答声里。

这就是爱，
像一把白铁勺子
带着光泽
舀进储粮缸。

## 2. 切薯种者

他们仿佛远在几百年外。布吕赫尔[①]，
如果我写得真切你就能认出他们。
他们跪在篱笆下围成一个半圆，
躲在那被大风吹透的挡风墙后边。
他们在切薯种。芽苞苞的褶裥
从那些埋在麦秸底下的马铃薯
种块上冒出。有的是时间
给他们慢慢消磨。每次切进利刃
都懒懒剖开一个块茎然后让它
从掌心掉下来：乳白的流光，
以及，核心处，暗暗的水印。
哦，岁时节令！在金雀花
黄灿灿的覆盖下，构成一道中楣[②]
把我们都刻画于斯，我们的无名乡亲。

---

① 布吕赫尔（Breughel），应指尼德兰画家老皮特·布吕赫尔（Pieter Bruegel de Oude，约 1525—1569），以乡村风俗画著称，他所处时代尚未引进马铃薯，但祖祖辈辈劳作的农民是相似的。希尼诗《妻子的故事》也引用了布吕赫尔的《麦收》《割草》等画作。

② 中楣（frieze），古希腊建筑檐壁上的横带状浮雕，如雅典帕台农神庙的中楣表现了节庆仪式的全过程。

# 葬礼

1

我肩负某种男儿气概[①]
走进屋去扛起
那些亲人的棺材。
他们已经停放

在被污染的房间，
他们的眼睑反着光，
他们白如面团的双手
镣锁在玫瑰经念珠之中。

他们肿胀的指节
展平了皱纹，指甲

① 希尼是长子，十来岁就代表家庭出席乡亲们的丧事。

变成乌黑，手腕
顺服地斜搭着。

海苔褐的裹尸布，
缎面绗缝衬垫：
我恭敬地跪下来
赞美这一切，

而熔蜡淌落
挂满了烛台，
火苗彷徨
把那些彷徨的妇女

映在我身后。
棺材盖
总是放在一个角落，
钉头上装饰着

小十字星。
亲爱的皂石面具啊，

吻着他们的冰庐[①]脸庞
不能不知足了，

因为铁钉将敲下，
每一场葬礼的
黑色冰川
推向前方。

2

现在一听到
邻里相杀的消息
我们就渴望葬礼，
传统曲调：

脚步缓慢的
出殡队蜿蜒绕过
每一栋拉窗帘的住宅。
我愿重修

---

① 冰庐（igloo），因纽特人传统圆顶冰屋。另，皂石雕刻也是因纽特人的传统。

博因河[①]的那些巨大墓室，
设置一个坟冢
在杯形纹石刻[②]底下。
从一条条侧街和旁道驶出的

突突响的私家车
挤进了队列，
整个国家都回荡着
一万台引擎的

沉闷鼓动。
梦游的妇女们，
留在家中，穿行
在空荡荡的厨房，

向着陵丘前进的凯旋式。
想象我们迟缓的

① 博因河（Boyne）位于爱尔兰东部，附近有包括博因宫巨石墓群、塔拉山古王都遗址在内的众多古迹、废墟。

② 杯形纹石刻（cupmarked stones），包括圆凹、圆环、套环、螺旋等图案，在欧洲史前文化中常见，如爱尔兰的博因宫巨石墓。

静得像一条蛇
蜿蜒在它的草丛大道，

队伍拖着长长的尾巴
走出北方山口 ①
而头部已进入
巨石垒就的大门。

3

等他们把石头
在墓口砌好
我们就要驱车再次北返，
经斯特朗和卡尔林的峡湾，②

记忆的反刍
一度平息，世仇的
仲裁令人抚慰，
想象在山丘下的那些人

---

① 北方山口（the Gap of the North）位于北爱尔兰南界，是兵家必争之地。
② 爱尔兰和北爱尔兰的东部沿海交界处附近的两个峡湾，地名来自北欧古挪斯语，与维京人有关。

安置妥当，像古纳[①]
优雅地安息
在他的陵冢之中，
尽管死于暴力

且未曾报复。
有人说，他在吟咏
关于荣誉的诗篇，
四根火炬燃烧

在墓室的角落：
当大墓开启，他转头
露出喜悦的脸庞
看向月亮。

---

① 古纳（Gunnar），北欧人名，意为：勇士。诗中可能指中世纪冰岛史诗《燃烧的尼尔》（Brennu-Njáls saga）中死于仇杀的无敌勇士古纳，他本可逃亡，但临行时回头看到故土的美，深受感动，决定留下来面对命运。

# 格劳贝勒男子[①]

仿佛他曾被柏油
浇透，如今躺在
一张泥炭褥子上
好像还汩涌着

他自身的黑河。
两腕的肌理
如同阴沉木，
脚踵的圆球

如同玄武石蛋。
他的足弓紧缩，
冷得像天鹅的掌蹼

---

① 格劳贝勒男子（Grauballe Man）是 1952 年在丹麦沼地发现的一具古代男性干尸，全身赤裸，面目狰狞，手足部尤其保存完好，指甲还有红润。研究发现，他是被割喉而死的活祭牺牲品。

或沼潭里泡湿的树根。

他的臀部是一只蛤蚌的
背缘和壳瓣，
他的脊椎是被拘束在
油亮的淤泥中的鳗。

脑袋高昂，
下颚被一个托板
顶起，露出他的咽喉上
被劈开的豁口，

如今成革质和坚韧。
那愈合了的创伤
向着体内一个黑如
乌莓的地方爆开。

对他那栩栩如生的形象
有谁会说“死尸”？
对他那晦暗的沉眠
有谁会说“身体”？

而他那锈红的头发
未必是一团乱麻，
就跟胎儿一样。
我第一次见到他那扭曲的面容

是在照片上，
头部和一侧肩膀
从泥炭中露出，
像一个被产钳夹坏的婴儿，

但如今他完美地
躺在我的记忆之中，
细致到他的指甲上
红润的角质，

都已挂在弹簧秤上，
连同美和暴行：
那垂死的高卢人①
撑在盾牌上的

① 《垂死的高卢人》(Dying Gaul) 是16世纪初发掘的一尊古罗马雕塑，主人公可能是原居小亚细亚的古凯尔特人裸体战士，他的挣扎姿势与格劳贝勒男尸相似。

过于严苛的布局，
以及每一位蒙着头的
被砍杀、被抛弃的
牺牲者的实际重量。

# 惩治[1]

我能感到那绳套[2]
对她后脖子的
拉拽，以及那风
在她的裸胸上的寒意。

它把她的乳头
吹成了琥珀珠子，
它撼动着她的肋骨
那脆弱的舾装[3]。

我能看到她那淹溺的
身体在泥潭深处，

---

① 诗中描述一具古代少女干尸，她的眼睛被蒙住，脖子戴着项圈，半边头发被剃掉，很可能是被古代部落溺杀的失贞女子。

② 绳套（halter）可指：马笼头、绞索、挂脖露肩装（女裙）。

③ 舾装（rigging），船舶主体之外各种桅、帆、索、锚等等设施总称，也可指人的穿衣打扮。

还有那块沉重的大石，
浮动的枝条和树干。

在泥里，她先是
一棵被剥皮的小树，
后来被掘出
橡之骨、脑之桶：

她被剃光的头皮
像一片黑色的麦茬，
她的蒙眼布是肮脏的绷带，
她的绞索如同指环

以存储
爱的记忆。
小淫妇，
在人们惩治你之前

你头发枯黄，
营养不良，但你的
被涂了黑焦油的脸庞也是美丽的。
可怜的替罪羊啊，

我简直要爱上你了，
但我一样会对你投掷
沉默的石头。
我是一个狡猾的窥淫狂，

沉迷在你暴露的头脑
和晦暗中的沟壑，①
你的肌腱脉络
和你所有的编了号的骨骼：

我就是一个袖手旁观的人，
当你的那些不忠的姐妹
被泼上焦油，
在路障前哭泣，②

我会假装看不见
文雅的暴力，
但同时又明明深知这种
部族的、隐私的复仇。

---

① 沼地女尸被发掘时还存有脑组织。

② 英爱冲突期间，与对方男子交往的妇女会被激进分子施加侮辱，甚至逐出界外。

# 不管你说啥千万别说话（节选）①

## 1

我写这首诗只因一次偶遇
英国记者来采访“怎么看
爱尔兰的事”。我回到冬居，
那里坏消息不再是新闻，

那里媒体人和通讯员东寻西嗅，
变焦头、录音机和绕线盘
扔了宾馆一地。时代已脱节，
但我仍信赖《玫瑰经》念珠

---

① 北爱尔兰曾有一幅海报，画面为一个手持冲锋枪头戴面罩的士兵，标语为：乱说话要人命，乘出租车、打电话、下馆子、看球赛、在家里聚会，无论在哪儿，不管你说啥千万别说话。原诗大致每行10音节，押abab韵。

一如政治家和新闻业者
信赖他们在摘要和分析中
涂鸦的长期斗争，从催泪弹
对示威到炸药对冲锋枪，

他们的心跳证实着“升级”，
“反弹”和“镇压”，“临时派”，①
“两极分化”和“积怨已深”。
但我住在这里，我也住在这里，我歌唱，

在无线电头条新闻的高空钢丝上
娴熟地与文雅友邻进行文雅的交谈，
从那些举世公认、精工细作、老掉牙的反驳②
吮吸着仿冒的美味，寒碜的香料：

“太可耻了，真的，我同意。”
“究竟要走到哪一步？”“越来越糟。”
“他们是杀人犯。”“拘留，可以理解……”③

---

① 临时派指爱尔兰共和军临时军事委员会，兴起于1969年的激进武装派别，曾多次袭击亲英社区平民目标，故被视为恐怖组织。

② 反驳（retorts），又指曲颈瓶蒸馏器，用于提取香水、精油等。

③ 北爱尔兰当局对涉嫌恐怖活动人员未经审讯即可拘留关押。

“明智的声音”越来越刺耳。

## 3

“这里绝不是谈宗教，”当然。
“你一眼就能认出他们，”然后闭嘴。
“这边跟那边一样坏，”糟透了。
基督啊，时候将至，小裂缝要爆开，

荷兰人[①]建造的大坝再不能阻挡
那危险的狂潮去追随谢默斯[②]。
然而尽管跻身这门技艺和伏案行业
我仍旧无能为力。著名的

北方式缄默，对地点和时间
守口如瓶：是，是。我歌唱“小六”，[③]
你唯一能挽回的就是挽回面子，

---

① 荷兰人指新教徒，来自荷兰的奥兰治的威廉三世及其追随者。

② 谢默斯（Seamus）是爱尔兰常见名字，相当于拉丁语 Jacob（雅各）、英语 James（詹姆斯），诗中可能同时指爱尔兰传统、希尼本人、《圣经·旧约》先祖、《圣经·新约》使徒、被光荣革命罢黜的天主教英王詹姆斯二世以及其后多次叛乱的詹姆斯党追随者（Jacobite）。

③ 北爱尔兰六郡被戏称“小六”。

不管你说啥千万别说话。

烽烟的大嗓门与我们不相上下：
调兵遣将去搜索名字和学校，
不同称谓的微妙差异，
几乎没有超出常规的例外，

诺曼、肯、锡德尼标志着新教徒
而谢默斯（请叫我肖恩）铁定是教皇党。
哦，口令、握手、眨眼和点头的土地，
开放思维就如同开敞的陷阱，

在这里舌头扭结，如火苗下的灯芯，
在这里我们有一半人藏身于木马，
严阵以待，如狡猾的希腊人，
在包围中被包围，嗫嚅着电码。

4

今天早晨在潮湿的高速公路
我看到一座刚建成的拘留所：
炸弹在道旁留下一坑

新翻的泥土，树林深处

机枪哨位界定了真实的栅栏。
当你在浓雾中匍匐前进
一切似曾相识，仿佛某部电影中的
17 战俘营，一场无声的噩梦。①

是临死前的生活吗？粉笔写在
在巴里墨菲。强忍着伤痛，②
粘连的苦难，一口一口咽下，
我们重新拥抱我们的小小宿命。

---

① 美国影片《17 战俘营》(*Stalag 17*，1953)，讲述德国集中营中的美军战俘、二流子塞夫顿反对越狱和抵抗，还与看守做交易，所以被同伴们怀疑是内奸，但他最终揪出了真凶，该片获得当年奥斯卡最佳男主角奖及最佳导演提名。

② 1971 年 8 月，英军在贝尔法斯特的巴里墨菲（Ballymurphy）街区搜捕抗议者，枪杀 11 人。

# 歌唱学校（节选）[①]

温暖的播种季节诞下我的灵魂，而我的成长
既有赖于美也有赖于恐惧的培养；
在出生地我备受了恩宠，同样
在那迷人的山谷也是如此，不久，
我就被移植到那里……

威廉·华兹华斯，《序曲》[②]

他［马夫］有一本奥兰治韵诗集，我们一起窝在干草仓读书的那些日子第一次给我带来了押韵的快乐。我还记得后来有人告诉我，谣传芬尼党要暴动了，步枪都要上交给奥兰治派；于是，当我开始梦想我未

① 标题出自叶芝诗《航向拜占庭》，原作大意：俗世音乐中没有不老的智慧，也没有教授灵魂之歌的歌唱学校，只能通过研究古迹遗存来了解灵魂本身的辉煌，试图沟通过去、现在和未来。

② 《序曲》(Prelude）是华兹华斯的自传性长诗。

来的人生，我觉得我宁愿与芬尼党死战。[①]

W. B. 叶芝，《自传》

## 1. 恐惧部[②]

致谢默斯·迪恩[③]

如卡文纳[④]所言，我们生活在
举足轻重的地点。圣高隆中学[⑤]
我寄宿了六年，那孤单的
峭壁可俯瞰你们博赛区[⑥]。

---

① 叶芝家原是新教徒富农，祖上曾在奥兰治的威廉三世军中供职。

② 诗题出自英国天主教作家格雷厄姆·格林同名惊悚小说（*The Ministry of Fear*，1943），原指纳粹间谍网络，以及杀人犯内心的负罪感，他们都小心翼翼，害怕被人发现真相，像处在某种邪教统治中。

③ 谢默斯·迪恩（Seamus Deane，1940— ），北爱尔兰作家、诗人，希尼的德里市圣高隆中学、贝尔法斯特女王大学校友。

④ 卡文纳（Patrick Kavanagh，1904—1967），爱尔兰著名作家、诗人，对希尼影响甚大。卡文纳诗中有：我已生活在举足轻重的地点时间，伟大的事件注定发生（Epic，1938）。

⑤ 希尼 12 岁考入离家很远的德里市圣高隆中学（St Columb's College），一所有名的天主教男子寄宿学校。

⑥ 博赛区（Bogside），德里市天主教徒社区，意即"沼地边缘"，因位于旧城墙外的洼地而得名。1969—1972 年博赛宣布"自治"，是英爱冲突的热点之一。从圣高隆中学到博赛约 4 公里，由于地势较高可以看到。

我端详着新的世界：白兰地威尔[①]
火辣辣的喉咙，泛光灯下的赛狗道，
电动野兔的气门。第一个礼拜
我想家想得甚至吃不下
一块哄我开心去流放的饼干。
在 1951 年 9 月的一个夜晚
我把它们扔出了围墙，
当时莱基路[②]上的人家
在雾气中灯光昏黄。一次
秘密行动。[③]
　　　　然后贝尔法斯特，然后伯克利。
我们二人已老于世故，[④]
游戏诗文，直到它们变成了
生涯：从大包大包的信封

---

① 白兰地威尔（Brandywell）体育场是德里足球队主场，位于博赛区南部，1970 年代因频发骚乱被长期停用，德里队坚持回归主场但不获足联批准，最终德里队退出足联，白兰地威尔体育场变成赛狗场。英文名意为：烧酒井、火泉等，盖尔语名意为：真水泉（Tobar Fhíoruisce），与希尼童年就读的安阿霍利什小学同名。

② 莱基路（Lecky Road）是博赛区的大路，南接白兰地威尔体育场，“自治”时期在北街口的一面山墙上绘有著名的标语：你现在进入自由德里。

③ 引自华兹华斯《序曲》（I.361），原文大意：童年的夏夜我偷偷解船出航，一次秘密行动、烦恼的喜悦，初尝了冒险。

④ 引自莎剧《李尔王》（Lr.III.4.110），原文大意：你赤裸疯癫又如何，我们三人已面目全非，而你还保持着人本身。该场后文有：呸呸呸，我嗅到了英国佬的臭味。

在假期送达，到薄薄的书册
快件寄出“敬请方家指正”。
那些手抄的诗稿，从你的练习册
线圈上撕出的散页，让我不知所措——
元音和意象自由地上下翻飞
如我们的槭树吹落的翼果。
我也努力写出槭树
并开创一种南德里诗律，
肃静安宁与死劲拗拧合辙押韵。
那穿钉靴的乡巴佬一路跋山涉水
扑通扑通地踩上了，天呀，
雄辩术的精美的草坪。
　　　　　　　　我们的乡音
已经变了？“天主教徒一般都不比
新教学校出来的学生能说会道。”
记得那种材料吗？自卑
情结，正是我们造梦的材料。①
“你叫什么名字，希尼？”
　　　　　　　　　“希尼，神父。”

---

① 引自莎剧《暴风雨》( Tp.IV.1.156 )，原文大意：一切美好皆虚幻，终将消散，塑造我们的材料就是造梦的材料，我们短暂一生的前前后后都是沉眠，我头脑昏昏，请原谅我不能控制我的弱点。

"棒
极了。"

上学第一天，皮条带
在大堂里抽得跟癫狂似的，
它的回声波荡在我们恭顺的头顶，
但我还是写信回家说住校生活
还不坏，总是那么胆怯。

直到长假，我才复活过来，
山墙下的一辆奥斯丁 16
引擎还在突突，接吻专座上
我的手指像青藤缠在她的肩头，
但厨房里有一盏灯亮着等她。
然后一路回家，那盛夏的
自由一夜一夜地凋残，空气中
充满月光和秣草的气味，警察们
晃着手里的红灯，簇拥在
小车周围像漆黑的牛群，东嗅西探的
冲锋枪的口鼻戳到我的眼睛：
"你叫什么名字，司机？"
"谢默斯……"

谢默斯？

有一次他们在路卡念我的书信，
他们的电筒照亮了你的象形文字，
华丽手写体的“清秀措辞”。

阿尔斯特属于大不列颠，但无权分享
英语诗歌：我们周遭的一切，虽然
我们未曾为之命名，尽归恐惧部。

## 2. 警察临检

他的单车停在窗台下，
橡胶的防溅轮罩
围着前挡泥板，
粗壮的黑色把手

在烈日里发烫，电动马达的
“豆儿柄”亮闪闪地按下扳机，
脚踏板松松垮垮，解脱了
法制的皮靴。

他的帽子底儿朝天

撂在地板上，挨着座椅。
帽檐挤过的一圈横沟像犁痕
印在他微微汗湿的头发。

他已解开
厚重的账册，我爸爸
在上报农地收益，
每亩、每分、每码。

算术和恐惧。
我坐在那里盯着油亮的枪套：
皮盖子紧扣，穗带子
缠在左轮的枪柄。

“还有别的作物吗？
甜菜头？牛甘蓝？这类的？”
“没了。”但不是还有一畦
芜菁种在已经刨过的

马铃薯地里吗？我假设自己
犯了罪过然后禁不住想象
军营里小黑屋的情形。

他站起身，把警棍套子

挪到皮带后头，
合上那本审判书，[①]
然后用双手戴好帽子，
一边打量我一边告辞了。

一道影子在窗玻璃上起伏。
那是他拉开后座上的弹簧夹
啪地压紧账册。他踢一脚皮靴，
单车嘀嗒、嘀嗒、嘀嗒。

## 4. 1969年夏

当军警火力压制暴徒
在福斯路开枪，我所忍受的[②]

---

① 审判书（the domesday book）原指中世纪时英国的土地普查记录。威廉一世征服英格兰后，大规模清查土地、人口、资产，以便征税，项目于1086年完成，因其严厉故被后世称为大审判。

② 贝尔法斯特市福斯路（the Falls）一带主要是爱尔兰裔天主教徒、共和派、工党支持者的社区。1969年8月中旬贝尔法斯特爆发大规模宗派骚乱，对立群众互相械斗、打砸、纵火，军警偏帮新教徒一方攻破天主教徒街垒，造成大量房屋被焚，并出动装甲巡逻车队，用重机枪扫射共和军民兵据点。

只是马德里的蛮横烈日。
每天下午，在焖锅般酷热的
公寓，我汗流浃背地苦读
乔伊斯传，鱼类市场的腥味儿
恍如沤麻池的恶臭传来。
夜里我走到阳台，酒色殷红，
有一种小孩子躲在阴森角落里的感觉，
老妇人蒙着黑头巾走进敞开的窗户，
山谷中流淌着西班牙语的气息。
我们沿着星光平原一边聊一边往家走，
一路可见国民警卫队[①]的漆皮靴
闪闪发亮，像被沤麻池水毒翻的鱼肚皮。

“回国吧，”有人说，“要努力影响人民。”
另一个人则向深山召唤洛尔卡[②]。
但我们却每日坐看电视上的
死亡人数和斗牛比赛，各界名流
在那些仍旧发生实际生活的地方来来往往。

---

① 国民警卫队（Guardia Civil），原文为西班牙语，略相当于武警。

② 西班牙诗人加西亚·洛尔卡在1936年7月内战爆发前返回动荡中的家乡，8月被右翼民兵秘密杀害于山中，遗体一直未被发现。

我遁入普拉多博物馆[①]的荫庇。
戈雅的《5 月 3 日的枪杀》[②]
占据了一面墙——那位反抗者
扬起双臂发出痉挛，戴头盔
背背包的军人，有效的
排枪齐射。在另一个展厅，
他的梦魇被嫁接于宫墙——[③]
黑暗的龙卷风，集结，分崩；萨坦
以他的亲生儿女的鲜血为珠玉，[④]
《巨人之乱》[⑤]将他那粗野的屁股
转向人间。还有决斗，[⑥]
只见两位狂战士[⑦]拼着命互相棍殴，
义无反顾的样子，深陷泥潭，直至溺亡。[⑧]

---

① 普拉多博物馆是西班牙最著名的美术馆，藏有戈雅大多数作品。

② 戈雅作品《5 月 3 日的枪杀》描绘了 1808 年拿破仑入侵西班牙时枪毙反抗者的情景。

③ 戈雅晚年在乡村居所的墙壁上创作了一批“黑暗绘画”，后人重新装衬为油画，现藏于普拉多博物馆。

④ 戈雅黑暗作品《吞食亲生子的萨坦》描绘了巨神食子的恐怖景象。

⑤ 戈雅作品《巨人之乱》描绘了一个顶天立地的裸体巨人背影把地上小小凡人的车马队惊扰的情景。诗中指那个巨人为萨坦，因为原画巨人嘴边有莫名的东西。

⑥ 决斗（holmgang），语出北欧传说，原意：小岛行走、在划定的狭小区域内进行决斗，诗中暗指爱尔兰岛。

⑦ 狂战士（berserk），语出北欧传说，原意：熊皮甲士，据说他们有如战神附体而无畏攻击，直至虚脱倒地。

⑧ 戈雅黑暗作品《棍殴决斗》描绘了两个男子在沼泽地里搏斗的情景。

他以拳头和肘节作画，挥舞着
心脏里染色的斗篷，应历史之命。

## 6. 暴露

在十二月的威克洛[①]：
桤树林滴水，桦树林[②]
承继着最后的阳光，
那棵梣树一看就发冷。[③]

一枚彗星的逝去
应在日落时显而易见，
铺天盖地的光明
恍如山楂和刺玫果一闪，

① 威克洛（Wicklow），位于爱尔兰中东部沿海，在都柏林南边。希尼1972年离开北爱尔兰迁居于此。

② 桤树耐湿，常见于河湖边和沼地，在爱尔兰传说中，桤树林为逃亡者、绿林好汉提供保护，用它的汁液染过的衣服可以躲过侦查。桦树生命力顽强，不惧山火，象征着长生、新生、重生、涤污驱邪，古爱尔兰欧甘文的第一个字母 Beith 意即桦树，凯尔特历的一月即桦月。

③ 古挪斯神话中的世界树一般被描述为巨大的梣树，诸神还用梣木和榆木分别创造了人类祖先阿斯克和艾姆芭拉，意即梣之子和榆之女。

有时我也看到流星。
但求我乘陨石而来啊！
而我只能踩着潮湿的落叶，
果壳，秋的残余之幸，

想象有一位英雄
在某个泥泞的兵营，
他才华横溢，如飞石
呼旋着砸向绝望。[①]

我怎么成了这副样子？
每当我静下来衡量又衡量
我的负责任的“幽愤”[②]，
便经常想到朋友们

棱镜般五光十色的奉劝
和那些憎恨我的人的铁砧脑袋。
为了什么呢？为耳朵？人民？
为背后的风言风语？

---

① 参见《圣经·旧约》(撒上 17）中少年大卫甩飞石击杀敌将的故事。
② 幽愤（tristia），原文为拉丁文，典出古罗马诗人奥维德晚年流放时期的自传性诗集《幽愤》，其中也感叹他交往过的真朋假友。

雨水从桤树的枝丫间落下，
它那低沉的宜人的声响
嘟囔着泄气和腐坏，
然而每一滴都在回想

那钻石般的绝对[①]。
我不是囚徒也不是奸细；
一个内心的流亡者，头发长，
心思重；一个林地战士，

逃过了屠杀，
身披树干和树皮的
保护色，感触着
四面吹来的每一缕风；

我，吹燃这些火花
以求微渺的暖，却已错过
一生一次的异兆，
那彗星的搏动的玫瑰[②]。

---

① 绝对（absolutes），可能暗指 absolvents：赦免者（们）。

② 玫瑰（rose），也可指：升起了、出现了，如观测到慧星的脉冲信号出现增强等。

选自《田野作业》（1979）

# 牡蛎

我们把蚌壳在餐碟上敲响。
我的舌是一个满当当的海口，
我的上颚挂满璀璨星光：
当我品味那咸腥的七仙女时
俄里翁还在水里泡脚。[①]

活生生被人亵渎，
她们躺在冰的床上：
双壳类：对剖的洋葱
和海洋那撩拨的喘息。
千百万个她们被劈裂剥离和抛散。

行经丛花与石岩，

① 在古希腊神话中，俄里翁（猎户座）曾追求七仙女（昴星团）。诗中用星象表示季节。

我们曾驱车去往那海滨
在那里，我们为友谊干杯，
并留下美好的记忆
在阴凉的草屋和粗陶盘里。

翻越阿尔卑斯，紧裹干草和雪块，
古罗马人将牡蛎南运罗马城：
我眼见潮湿的驮篮里涌出
蕨叶唇边、卤汁辛辣的
特权者的饕餮，

我愤怒了，我的信赖无法再寄托
于明媚的日光，像诗歌或自由
从海中倾泻而来。我要吃下这时日，
细嚼慢咽，让它的浓香
激发我成为动词，纯动词。

## 一杯水[①]

每天早晨她都要来打水[②]
像一只老蝙蝠跌跌撞撞：
泵井的百日咳，提桶咣当
和盛满时缓缓渐弱的音符
都在为她宣报。我回想
她的灰围裙，满当当的提桶
斑驳的白搪瓷，她那利嗓
像压水手柄吱嘎作响。
每夜，当满月升过山墙
便从窗棂钻进来，落进
她摆在桌面上的水杯。
我又回到那里埋头畅饮，
并感念她杯上铭刻的训诫，
“饮水思源”，没入唇间。

---

① 诺贝尔文学奖颁奖词引用了这首诗前5行，作为希尼的题材和风格的例证。
② 诗中女子是希尼故乡一个离群独居的老妇，村里的小孩觉得她像巫婆。

# 在贝格湖滩[①]

## 悼念哥伦·麦卡特尼[②]

在这座小岛的四周，岸边
最低洼处，碎浪拍击的地方，
高高的灯芯草从泥滩里生长。

但丁，《炼狱》，I.100–103

驶出了加油站的白炽光
和田野里几颗孤零零的路灯，
你一路翻过群山穿过菲尔森林[③]

---

① 贝格湖（Lough Beg），盖尔语原意“小湖”（Beag），位于北爱尔兰中部，土姆镇北边，距希尼家乡不远。贝格湖很浅，枯水期大部分可涉水而过，湖滨森林和湖滩湿地保持着自然风貌，湖中的“教堂岛”上有一座古老的修道院。

② 麦卡特尼（Colum McCartney）是希尼的表弟，1975 年 8 月 24 日星期天晚上，麦卡特尼和朋友看完球赛后开车回家，在汉密尔顿新镇附近一个假冒的英军路卡被新教徒民兵掳走然后枪杀，年仅 22 岁。另见长诗《苦路岛》第 8 章。

③ 菲尔森林（the Fews Forest），盖尔语原意“山林”（Feadha），北爱尔兰东南部阿玛郡南部的一片山区，自古就是绿林好汉出没的地方。

驶向汉密尔顿新镇[①]，在星光下前行——
沿着那条路，那高远、荒凉的朝圣之途[②]
斯威尼[③]也曾逃避那些血淋淋的头颅，
山羊胡子和凶犬眼睛的一群恶魔
从地底下蹿出来，撕咬、嘶吼。
是什么蹿出在你的面前？一个冒牌的路卡？
还是红灯摇动，紧急刹车然后熄掉
发动机，说话声，蒙面人和冷鼻尖的枪口？
也许在你的后视镜里，后车的前灯
突然超了上来并将你截停
在一个你从不知晓而且远离你所知的地点：
那低地的土壤和贝格湖滨的水，
教堂岛的尖塔，柔和的紫杉林际线。

在那里你也曾听见屋后有枪声响起
在远未天亮之前，那时打野鸭的猎人
已在金盏花和蒲草丛中出没，
但当你在穿过湖滩去领回牛群的路上

---

① 汉密尔顿新镇（Newtownhamilton），盖尔语名“新镇”（An Baile Úr），位于北爱尔兰东南部菲尔山区，靠近边界。

② 阿玛郡曾是爱尔兰的天主教中心，圣帕特里克在这里建立了主座堂。

③ 斯威尼（Sweeney）是爱尔兰传说中的英雄，他被诅咒变成鸟人，四处躲藏。希尼翻译过有关古诗。

发现几枚用过的弹壳仍惊恐不已，
刺鼻的，铜黄的，像阳具，射掉了。
因为你和你家人以及你我的家人都羞于启齿，
去说起一种古老的阴谋家的语言
而且不懂得怎样挥打响鞭或把握时日：
大嗓门的杂佣们，牧人们，干草垛
和后腿肉方面的内行家，栏圈里的话篓子，
关于墓地的慢吞吞的仲裁者们①。

你家湖滩对面牛群进食
在晨雾中齐肚深的草丛里，
此刻他们把不慌不忙的注视
转向我们辛苦跋涉的轧轧的莎草
淹没在露水中。像一把钝刀
磨亮了锋刃，贝格湖微明于雾霭中。
我转身，因为你脚步的摆动声
已在我身后停下，我看到你双膝跪地，
头发和眼睛上沾满血污和路边的垃圾，
于是我跪在你面前，在盈盈的草丛
掬起一捧一捧冰凉的露水

① 仲裁者（arbitrators），可能指老乡亲们在讨论墓地选址、葬礼安排等。

给你清洗，表弟。我用苔藓把你擦干净，
像低云飘落的小雨一样精细。
我用双臂将你横抱，让你躺平。
当灯芯草又冒出绿梢，我要编成
绿色的肩披[①]戴上你的裹尸布。

---

① 肩披（scapulars）是天主教信众的常用随身法具之一，多为饰带两端系上圣相刺绣，象征神职人员的肩披法衣。

# 伤亡者[①]

1

他喜欢一个人喝酒，[②]
会顶起久经考验的拇指
点点高层货架，
再来一杯朗姆酒
兑黑加仑汁，根本
不用扯大嗓门，

---

① 1972年1月30日，北爱尔兰德里市博赛区的一场示威演变为骚乱，防守路障的英军伞兵团1营向示威者实弹射击，当场造成13人死亡，另有多人被实弹或橡皮子弹击伤，史称“流血星期日”(Bloody Sunday)，是当代英爱矛盾走向暴力冲突的转折点。2月2日星期三，爱尔兰族裔和共和派为死难者举行了盛大葬礼，并倡议举国哀悼，发动联合总罢工，同时极端分子策划了一系列报复性恐怖袭击。

② 诗中所指确有其人。路易斯·奥尼尔（Louis O'Neill）原是他岳父家酒馆的常客，从前还经常带希尼出去打渔。国丧期间，因德里市附近的酒馆均停止营业，他去到相距甚远的另一个郡境内饮酒（Imperial Bar, Stewartstown，County Tyrone），不幸遭遇炸弹袭击身亡，享年49岁。作者和大多数人当时都相信，该酒馆系因藐视居丧宵禁令而遭到共和军袭击，但后来的调查则认为是亲英的保皇派安置了炸弹。

若是扬扬眉毛
然后做一个开瓶盖儿的
含蓄手势
就是来一瓶烈性黑啤；
到了打烊的时候
他会穿起水靴戴上大檐帽
走进多雨的深夜——
这位吃救济的养家人啊
却是干活的行家。
我爱他的全套把式：
他那稳健但不失精明的脚步，
死板又狡黠的妙手，
渔夫的利眼
和机警的后脑勺。

但他难以理解
我的另一种生活。
有时，他会坐在高凳上，
忙着用刀子
切碎一块嚼烟，
瞧也不瞧我的眼睛，
直到闷完了一大口之后

他才提到诗歌。
我们都会各持己见，
而且，总要得体，
不该显出屈尊俯就的样子，
于是我会使出些伎俩
把话题转向鳗鱼
或驭马牵车的窍门
或者临时派。

但我的试探性技巧
他那机警的后脑勺同样看穿：
他被炸成碎片，
在出去喝酒的时候，
在别人都遵守的宵禁之夜，
在德里市被他们枪杀 13 人之后的
第三个晚上。
记分牌已写明：伞兵队 13 分，
博赛队 0 分。礼拜三那天
人人都屏住了
呼吸，并且颤抖。

## 2

那是寒冷的一日，
死寂阴森，大风掀动着
白法衣和黑长袍；
雨水泼打、鲜花覆盖的
一口一口棺材
就像静水上的落英
从拥挤的大教堂
门口缓缓漂出。
一场公共的葬礼
展开它的襁褓，
卷起，裹紧，
直到我们被捆绑固定
如同兄弟抱成一团。

但他却不肯老老实实
被他自己的兄弟留在家里，
不论电话通知有怎样的危险，
不论是怎样的黑旗在挥舞。
我看见他转身走进

那个被轰炸的违规地点，
懊悔熔合着恐惧
留在他仍可辨认的脸庞，
他那睥睨于绝境中的瞪眼
已懵然在闪光灯里。

他已远去了万里之外
因为他每夜的酒瘾
就像一条鱼，本能地
游向那些诱饵：
在群居生活的烟雾中
温暖明亮的场所，
朦胧的丝网和杯盏间
浮动的低语。
他究竟有何过错，
当他在昨夜打破了
我们部族的共谋？①
“现在，你被看成
一个有文化的人，”
我听见他说。“难倒我了，

① 奥尼尔部在历史上曾是北爱尔兰的王族之一。

要给这问题一个正确答案。”[①]

### 3

我错过了他的葬礼，
那些默不作声的行人
和侧身说话的空谈者们
像鱼群涌出他家弄堂
走入那可敬的
灵车的突突声响中……
他们以相同的步调移动，
随着一台怠惰的引擎
那习以为常的
姗姗来迟的慰藉，
拉起缆索，两手飞快
交替，冰凉的阳光
映着水面，陆地
在雾霭里堆耸：那个清晨
我被捎上了他的船，
螺旋桨转动，把慵懒的

---

① 死者请作者解释这一切的是非，但作者无法回答。

深海打成飞白，
我跟他一起尝到了自由。
早早出航，稳稳
下网，深拖海底，
得失随意，但总保持微笑
因为你找到了一种节奏，
一程一程，它缓缓推动着你
进入你那专属的老巢，
在某处，远远的，遥遥的……

细嗅黎明的归魂啊，
踉跄在午夜的雨地里，
请再来盘问我一次。

# 歌手的家[1]

当人们说“弗格斯礁”[2]我会听到
盐工们的铁镐上挂满白霜的回响。
我想象它鳞次栉比、闪烁晶莹，
一座明光筑造的城区。

我们还要再多说什么
才能召唤我们地上的盐？
潮来潮往的世事
会结成晶体存留下来，

友善的气候

---

① 这首诗可能写给希尼的一个老友，北爱尔兰音乐人、电台主持人、制片人哈蒙德（David Hammond，1929—2008）。

② 弗格斯礁（Carrickfergus），位于爱尔兰岛东北角，贝尔法斯特海湾入口处的海滨古镇，诺曼人、英国人、新教徒进入爱尔兰的根据地，有一座始建于12世纪的著名要塞，至今保存完好。在同名爱尔兰民歌中，一个在南方流浪的男子思念远在北方家乡的爱人，但海途遥远、无船可渡，他只能借酒浇愁、孤老等死。

培育了万物的脾性，
它们当季的和贮藏的美味，
就是我们要打点的全部行囊。

于是我对自己说“圭贝尔”[①]，
它的乐音叩响这处所
如浪花拍打花岗岩。
我看到熠熠闪动的海湾

框在你的窗里，
油布上摆设的刀叉，
海豹们的脑袋猛地冒出来，
扫视着周围的一切。

从前，这里的人相信
被淹死的灵魂会附上海豹。
每逢大潮他们就会变身。
他们爱音乐，会游到歌手的身边，

① 圭贝尔（Gweebarra），位于爱尔兰岛西北角的一个海湾，有始建于6世纪的古修道院遗址，是重要的朝圣地。

而歌手就站在夏季尽头
那刷白的草皮窝棚的口子里，
他的肩膀靠着门柱，他的歌声
像傍晚出海的一艘划艇。

我第一次来的时候你总唱个不停，
在你那震颤的攀升和冲击里
隐约有一把咔嚓的铁镐。
起身来呀，兄弟。听闻的事我们依旧相信。

# 挽歌

我们生活的方式，
无论怯懦勇猛，
终将成为我们的人生。
罗伯特·洛厄尔[①]，

窗台天竺葵被照亮[②]
在我写下的灯火，
爱尔兰海吹来的风
摇动着它——

我们曾在这里坐过，
十天前，我和你，

---

① 罗伯特·洛厄尔（Robert Lowell，1917—1977），美国著名诗人，对青年希尼影响很深，后来两人结为好友，洛厄尔去世前不久还到过希尼家。

② 当时有一本畅销儿童诗集叫《窗台上的天竺葵枯死了但老师你一路正确》（*The Geranium on the Windowsill Just Died*，*but Teacher You Went Right On*，by Albert Cullum）。

这位挽歌体大师
和英语焊接工。①

那时你驾驭谈话，
一边恣意摇晃你的
舵柄，一边取笑我
对水的恐惧，

在你的帝国没这样的吗？
你为美利坚举杯
就像心里边的
铁块伏特加，

传扬着艺术
那审慎又专横的
爱和傲慢。
你的眼睛看着手里的活计

当你把俄语变成英语，②

---

① 焊接工（welder），戏谑了 wielder（掌控者），引出后文。
② 洛厄尔把他的翻译称为“仿写”，设想外国诗人用英语写作，译过曼德尔施塔姆、帕斯捷尔纳克等人作品，评价不高。

当你狠狠逼出
心跳怦怦的素体十四行诗，[①]
给挚爱的哈丽特

和丽西，还有湿答答
破水而出的海豚——
你那脊背的笔尖
最终精擅的

是哄骗和泼水，
舵工兼网工，文武双全呀。
那只手。既护卫又梳妆，
而且水陆两用。

凌晨两点，滨海天气。
不是你宏壮诗篇的豪迈远航……
不。你是我们的夜班渡船
在大洋里澎湃轰鸣，

---

① 洛厄尔的十四行诗不大遵循格律，晚年有诗集《致丽西和哈丽特》(*For Lizzie and Harriet*)、《海豚》(*The Dolphin*)。丽西是他的前妻，哈丽特是长女，海豚（多芬）是时任妻子。

整艘船只[1]回响着
一位军械士的乐声
顽强地一路横渡
那失控又危险的海路。

此刻大雨倾盆，
天竺葵震颤。
父亲不是孩子的
盾牌——[2]

你从我身上看到那孩子，
当时你正挥手道别
在格兰莫大门外
那棵繁盛的月桂树下，

丰茂而矍铄
一如那漫漫的夏日，
你双目中的鱼叉
凶险，“我会为你祈祷的。”

---

① 船只（craft），常用义：技艺。
② 引自洛厄尔诗《1961 年秋》(*Fall 1961*)，大意讲核战争的威胁。

# 格兰莫组诗（节选）[①]

致安妮·萨德勒梅耶[②]，我们最衷心的友人

## 2

种种感知，从藏身地冒头探出，
词语几乎深入到触觉之中，
在它们的漆黑箱笼搜出自己——
“这些东西不是秘密而是神秘，”
几年前奥辛·凯利[③]在贝尔法斯特
告诉我，对石料的热望

---

① 格兰莫（Glanmore），位于爱尔兰东部维克洛郡的一个小镇，1972 年希尼一家离开纷乱的北爱尔兰迁居于此，希尼开始职业作家生涯，他的妻子在当地小学教书，后来，希尼还买下曾住过的农舍作为度假别墅。这里也是爱尔兰著名戏剧家沁孤（John Millington Synge，1871—1909）的故乡。组诗 10 首原文均为十四行诗。

② 安妮·萨德勒梅耶（Ann Saddlemyer），爱尔兰现代文学史家，对叶芝、沁孤一代深有研究，她把乡下老宅借给希尼一家居住。

③ 奥辛·凯利（Oisin Kelly，1915—1981），爱尔兰雕塑家，以爱国英雄像著称。

要跟凿子串通好，就好比纹理
牢记着木槌一敲一击的知识。
后来我已落脚在格兰莫的篱笆学堂①
并在那些沟渠的背后期待着拔高
嗓门去唤回大军的角号和徐缓的风笛，
让它们延续、坚守、驱散、抚慰：
元音犁进对方，翻开土地，
一个个诗节回转如犁铧转耕。

7

道格滩、罗卡礁、马林角、爱尔兰海：②
碧绿、迅疾的涌浪，北大西洋暖流
在强风警报的声声召唤中
模糊成一片齿擦音的半影部，
午夜，播音结束。海妖们在冻原，
在鳗鱼路、海豹路、长舟路、巨鲸路，

---

① 篱笆学堂（hedge-school），旧时爱尔兰乡村初级教育的一种形式，因18世纪天主教学校被英国统治者查禁，各地兴起民办教育，在乡村简陋学校为穷孩子授课。

② 英国电台播送海洋天气预报时经常提及的一些海区名，道格滩（Dogger）指不列颠岛中东部外海洋面，罗卡礁（Rockall）指爱尔兰岛西北外海洋面，马林角（Malin）指爱尔兰岛北方洋面，爱尔兰海靠近诗人所在的格兰莫以东。

扬起她们在厚毛毡底下复合了风声的号哭
并把拖网渔船驱往维克洛的避风塘。
明星号、海鸦号、美人海伦号①
呵护着它们璀璨的名字，在这个早晨
擂钵一般折磨的港湾。这是奇迹
亦是实际，我大喊一声，“港湾”，
这个词深彻、清晰，就像别处的天空，
在明奇海峡、克罗马蒂湾、法罗群岛。②

---

① 原文为法语，可能指法籍船只，出处不详。

② 英国海洋天气预报的海区名，分别位于苏格兰西北近海、北方外海、东北近海。

## 水獭

那时你跃入水中，
托斯卡纳[①] 灯影波动
从上到下
荡开了整个泳池。

我爱你的湿头发和矫健的自由泳，
弄潮儿的后背和肩膀
浮出又再浮出水面，
在这一年以及此后每一年。

我坐在晒热的石板上喉干舌燥。
而你离我远远。
那些醇美的晶亮，葡萄紫的夜色

---

① 托斯卡纳（Tuscany），即意大利中部佛罗伦萨、锡耶纳、比萨一带，曾是欧洲文艺复兴的重要发源地。

日益稀薄，令人失望。

感谢上帝一切又渐渐装满，
此刻，当我把你拥抱
我们紧贴又深情，
如空气覆盖着水面。

我的双手是管子里的水。
你是我触手可及的柔滑的
记忆里的水獭，
在这一刻的池中，

当你转身换成仰泳，
摆动大腿一下下无声的踢水
不断荡起灯光
给你的颈脖泼上清凉。

你突然从水中浮出，
又再潜回，依旧那么专注，
你焕然一新的毛皮浓密又抖擞，
在石板留下印迹。

## 臭鼬

直立，漆黑，披着条纹和织锦，[①]
像葬礼弥撒上的祭袍，臭鼬的大尾
标榜着臭鼬。一夜又一夜
我期待她像一个访客。

电冰箱对着沉默嘁嘤。
我的台灯在走廊外渐渐柔和。
小小的橘子在橘子树上隐隐约约。
我开始紧张如一个窥视狂。

十一年后，我再次撰写
情书，凿开“妻子”一词
像陈年的酒桶，仿佛它纤巧的元音

---

① 北美臭鼬是郊区住宅附近常见的小动物，裘毛以黑色为主，背上两侧有宽大的白色纵贯条纹，额间或胸前常有花斑。诗中此处戏拟了纹章学的描述，如：跃立黑狮于条纹花底。

已曲变为加利福尼亚夜色中的

泥土和空气。那美丽而无用的
桉树的辛辣味儿表明了你的缺席。
一大口醇酒的后劲就像
从冰凉的枕头把你猛地呼吸。

而她就在那儿，热忱而迷人的、
日常的、神秘的臭鼬啊，
神话了的，又非神话了的，
嗅着我五呎之外的纸箱。

昨晚，这一切又重回，像一车煤
你就寝前的动作顷刻把我掩埋，
你的头低低，尾翘翘，在底层抽屉
寻找那件黑色的超低胸睡衣。

# 歌

花楸树像一个涂口红的姑娘。①
桤木在岔道和主干道之间
潮乎乎湿漉漉的远方②
矗立在灯芯草丛中。

那里有说方言的泥沼之花
和音调标准的千日红，③
在那美妙的瞬间，声声鸟鸣
应和着万籁合唱的音乐。

---

① 花楸树长于山地，结满大串红色的小酸果。

② 桤木根系发达，耐潮湿土壤，常种植于河边湿地。

③ 千日红（immortelles）泛指用于墓地的各种耐凋菊花、干花、花饰等；文学史上的千日红（amaranth），如弥尔顿《失乐园》称之为生命之泉的花朵（PL.III.357），拜伦、济慈、柯勒律治等大诗人也有歌咏；又指“不朽者”（院士的雅称），他们音调标准。

# 丰收结[①]

在你编丰收结的时候
心里酝酿的沉默也连带着
揉进秸秆，它不会腐烂
只会在一撇一捺中紧紧织成
一轮灿烂的可知的冠冕，
一枚用过即弃的草编爱心结。

那双手摸圆了梣杖和藤棍
也磨亮过一生斗鸡的距刃，
它们听从自己的技艺，心无旁骛，
直到你的指尖梦游似的拨动：
我在辨认和抚摸这草结，像盲文，
从触觉来拾取那些未曾言及的落穗。

---

① 丰收结（harvest bow），用麦秸、麦穗等茎秆编织而成的爱尔兰传统绳结，可有多种样式。希尼小时候经常看爸爸编丰收结。

若仔细探查它那些金色的环圈
我会看到我们正沿着铁路的堑坡
走进一个傍晚，草深，虫密，
蓝烟笔直，篱墙里菜畦和耕地抛荒，
一座仓房的墙上贴着拍卖通告——
你在翻领上别着丰收结，

我拎着钓鱼竿，心中早已留恋
这些傍晚的大振奋，而你的手杖
抽打着杂草和树丛的枝梢，
没着落地抽着，抽着，
但只惊动了虚空：那原初的乡土
仍在你亲手编成的麦秆中结舌不语。

“艺术之目的即和平”
可作为这件易碎品的题辞
让我钉在松木梳妆台——
像一个抽拉索套，
有谷物之灵方才从中溜脱
但仍留下了它的摩痕，尚有余温。

# 纪念弗朗西斯·莱德威奇[①]

1917 年 7 月 31 日阵亡于法国[②]

青铜士兵系着青铜的大氅，
它僵硬地皱缩在想象的风里
任凭真实的风儿摩挲拂掠，
他那猛蹲的起跑式永久地高踞

在弗兰德。头盔和背囊，
从枪托到刺刀的坚固斜线，
纪念章镌刻忠勇烈士的姓名——[③]
对正闹别扭的熊孩子真没意思，

---

① 弗朗西斯·莱德威奇（Francis Ledwidge，1887—1917），爱尔兰诗人、民族主义者，生于贫苦家庭，童年失父，打工谋生，自学成才，十多岁即以乡土诗赢得文学圈赏识，一战时加入英军，先后在土耳其、塞尔维亚、比利时作战，著有大量军旅诗，牺牲时未满 30 岁。

② 莱德威奇故居的牌匾上注明“阵亡于法国”，但他实际死于比利时西弗兰德省伊珀尔市附近的布辛格村，诗中可能是特意利用这一类明显的时空错乱。

③ 英帝国向一战烈士家属颁发铜质纪念章，直径 5 英寸，正面有不列颠女神和雄狮图案，还有烈士姓名，铭文：他为自由和荣耀而死。

1946 或 47 年的我便是如此，
手里紧攥着我的玛丽姑妈
沿斯图尔特港海景大道转月牙路[①]
再踅过石堡崖的小径下到长滩。

科尔雷因[②]的领港员驶向运煤船。
亲热的情侣们从沙窝里起身。
庄稼汉解衣露出袖扣和丝光马甲，
裤脚卷上了他那羞怯的小腿。

弗朗西斯·莱德威奇，你有过海边的恋爱，
在德罗赫达[③]那边一个礼拜天的午后。
斯斯文文，甜言蜜语，淳朴天真，
你骑单车从落叶萧萧的公路离开斯莱恩[④]，

---

① 斯图尔特港（Portstewart），北爱尔兰北部海滨度假胜地，位于班恩河口，海景大道上的一战烈士纪念碑有一座横枪警戒的士兵等身铜像，略如诗中第 2 段所述。诗中的路线是真实的，但铜像实际与莱德威奇无关，莱德威奇不是北爱尔兰人。

② 科尔雷因（Coleraine），北爱尔兰北部城市，位于班恩河下游，距斯图尔特港不远，早年因河口沙坝淤积需要领港。沿班恩河可上溯至北爱尔兰中部希尼家乡。

③ 德罗赫达（Drogheda），爱尔兰东北部海滨城市，位于博因河口，靠近莱德威奇的家乡斯莱恩。

④ 斯莱恩（Slane），爱尔兰东北部博因河畔的一个古镇，莱德威奇的故乡。

离开那充满忧伤和美妙的你的
归属之地：五月野花簇拥的祭坛，
复活节向仓舍泼洒的圣水，①
弥撒石台和山巅古堡以及椽顶的牛圈。②

我想起你穿着英军制服的模样，
一副天主徒的死鬼相，苍白而英勇，
在战壕里游游荡荡像一朵来自博因河
通道式古墓的山楂花或沉默的果核。

1915 年夏。我看见我的姑妈
还是一个在田野里放牧的姑娘。
而你在达达尼尔海峡的树丛背后 ③
吮着岩石来滋润干裂的嘴唇。

1917 年。她依然在放牛

---

① 五朔节设花坛朝拜圣母马利亚、复活节给农田洒圣水等都是天主教徒的生活习俗。

② 斯莱恩山上有许多历史遗迹。弥撒石台是山野中的天主教秘密祈祷所，17 世纪时为躲避新教军队的镇压而设。

③ 1915 年夏，协约国试图夺取达达尼尔海峡控制权，被土耳其击败，伤亡惨重，莱德威奇参加了这次战役。

但伊珀尔的狂轰滥炸扑灭了烛火：①
“我的灵魂在博因河畔，新崭崭的牧场……
我的故乡穿上了领坚振礼的盛装。”②

“被称为不列颠士兵，而我的故乡
在诸国中没有位置……”六周后，
你被榴霰弹撕成碎片。“真难过，
派系政治终将分裂我们的营帐。”

你是我们已逝的谜，所有的拉力
纵横交错，形成毫无用处的均势，
当风吟在这座时刻警戒的铜像
我又听到那令人困惑的鼓声，

你曾追随它从博因河前往巴尔干
却错过了你的芦笛本该发出的晦明之音。
你不像这些死忠分子固定了调门、音高
尽管你们所有搭档如今全都在地下。

---

① 伊珀尔（Ypres，Ieper），比利时城市，1917 年夏爆发惨烈的第三次伊珀尔战役（帕森戴勒战役），全城被毁，莱德威奇在战役初期死于炮击。

② 坚振礼（confirmation），已受洗的教徒经过一段时间的学习和准备之后进行确认信仰的仪式，一般面向年满 7 岁、具有分辨能力的儿童或少年。1946 或 47 年的小希尼处于这个年纪。

选自《苦路岛》（1984）

# 地下铁

我们曾在那地下拱廊狂奔，[①]
你穿着蜜月小礼服一路领先
而我，我当时就像小飞神
紧追不放，怕你变成了芦苇[②]

或某种染了红点的白色花朵，[③]
怕你裙裾翻飞，纽扣一颗接一颗
蹦出来，沿途洒落
在地铁站到阿伯特纪念堂[④]的路上。

新婚燕尔，游兴盎然，错过了音乐会，

---

① 诗人回忆 1965 年 8 月和新婚妻子在伦敦度蜜月时的情形。

② 在古希腊神话中，仙女绪伦丝（Syrinx）为躲避牧神潘的求爱变成了芦苇，后来潘将芦苇制成排箫。

③ 希尼妻子的白裙在此前一天吃饭的时候染上了甜菜头的红渍。

④ 阿伯特纪念堂是伦敦一大文化中心，以每年夏季的逍遥音乐节（the Proms）而闻名。

我们的回声已消逝在那甬道中，此刻[①]
我又来了，像汉泽尔沿着月光石[②]
追寻着原路，捡拾着纽扣

终于到达一个通风敞亮的车站，
列车都已经开走，潮湿的铁轨
像我一样无助而紧张，全神倾听着
你紧跟的脚步，怕一回头会被诅咒。[③]

---

① 在古希腊神话中，歌仙女娥刻（Echo）因多次拒绝牧神潘的求爱而被撕成碎片，大地女神收容娥刻的残魂，她洒落遍地的身体碎片仍旧歌唱，从此大地就有了回声，而潘仍痴迷回声，翻山越岭紧追不舍。也有神话说，娥刻是潘的妻子，他们的女儿依扬比（Iambe）发明了抑扬格诗律。

② 在格林童话中，小男孩汉泽尔和妹妹格莱泰被迫到森林里去，他们找不到卵石只好用面包屑做路标，结果迷了路，被女巫引诱进糖果屋，差点被吃掉，后来妹妹打败女巫救出哥哥，他们骑天鹅回到家中。

③ 在古希腊神话中，音乐之神俄耳甫斯下到冥界追索新婚妻子欧律狄刻的亡魂，冥王被他的挽歌感动，同意放人，但要求俄耳甫斯走在妻子前面，而且在两人都抵达上界之前不能回头看，但俄耳甫斯刚走出冥界大门就回头看了妻子，她尚未跨出门槛，于是亡魂立刻消失，永坠冥界。

# 给凯瑟琳·安妮的榛木杖[①]

一尾鲑鱼的粼粼珠光
刚跃出水面

就不见了，但你的手杖
永远是鲑银色的。

遒劲而坚韧，
一拿上手

你就明白这掌中之物
怎样把玩怎样摆弄

怎样挥斥魔法。

---

① 凯瑟琳是希尼的小女儿，1973年生。在爱尔兰民间传说中，榛树有灵，树枝能驱邪，连鲑鱼吃了榛子都会变聪明。

不过它还会指点牛羊回家，

洒水，和抽打
大门的横栏——

这一支木杖可能取自
我们的家族树。

一个蓝汪汪的下午
蜻蜓让我的目光第一次注意到它，

那天傍晚我刚把它削好给你
你就第一次看到了萤火虫——

我们都默默站着，就连你
也庞大得足以遮暗

一只萤火虫的天空。
然后当我拨开草丛，

一个明亮的小窝便闪着眼睛
在你魔杖的削钝的尖端。

## 给迈克和克里斯托弗[①]的风筝

整个礼拜天下午
风筝在礼拜天的空中高飞，
如紧绷的鼓皮，吹起的麦糠。

我见过它在制作时灰溜溜黏糊糊的样子，
我拍过它在干透了发白硬挺的时候，
我还把旧报纸做的套圈粘上了
它六呎长的尾巴。

但此刻它像一只黑色的小云雀扶摇而上，
此刻它紧拽着腹下的丝线
像拖起湿水的绳索
打捞渔获。

① 迈克和克里斯托弗是希尼的儿子，分别生于1966、1968年。

我有个朋友说，人的灵魂
和一只滨鹬重量相当
然而那在空中锚泊的灵魂，
那垂坠又攀高的丝线，
却重如一道升向诸天的犁沟。

在风筝掉进树林
这条线失去作用之前，
把它抓在手里，孩子们，要感受
那颤动的、深植的、拖着长尾的悲怆拉力。
你们生而与之相应。
来，站在我面前，
抓住这种紧绷。

## 铁道儿童

当我们爬上路堑的陡坡，
便可以平视那些电报杆[①]上的
白葫芦和哧哧响的线缆。

就像生动的速写，它们一路起伏
远远向东，又起伏远远向西，垂挂于
一行行燕子的重载之下。

我们还很小而且以为自己根本不懂
应该懂的事情。我们以为词语在电线传送
就装在一滴滴雨珠的闪亮邮包里，

每一包都累累地结满了璀璨的

① 电线杆等在英语中旧称“电报杆”。

天光，语句的闪亮，而我们本身
按着比例竟是无穷的小，

甚至小到可以流过一颗针眼。

# 苦路岛（节选）①

7

我曾来到那水泉的边际，
一眼就令人心慰，流连不舍，
仿佛它是一块清晰的晴雨表

或一面镜子，那时他的倒影
并未显现但我已觉察一种存在
投进了我既专注又不

专注的意识，他开口叫出
我的名字。尽管不情不愿我还是
转头迎向他的脸庞，那种震慑

① 苦路岛（Station Island）位于爱尔兰西北部德尔格湖（Lough Derg），据说耶稣在岛上显灵向圣帕特里克指示涤罪所/炼狱的入口，是天主教徒的朝拜地，希尼年轻时参加过那里的拜苦路活动。

仍如当时一般激荡着我。他的额头
在眼睛上方被轰开，但鲜血
已干结在颈脖和面颊。“放松点，”①

他说，“就我一个。你也见过人头破血流吧，
比如球赛之后……究竟是几点钟
我从梦里醒来我至今都搞不清楚

总之我听见这一阵敲打、敲打，让我
害怕，就像深更半夜的电话铃响，
所以我就意识到不能去开灯

只敢躲在窗帘后面张望。
我看见门阶上有两个顾客
还有一辆老路虎敞着门

停在街边然后我就放下了窗帘；
但他们肯定一直在等窗帘的动静

① 诗中提到事件是，1977年4月19日凌晨，北爱尔兰一个小镇的药店主、天主教徒施特拉森（William Strathearn）在自家楼下的店内被枪杀。他的幽灵向诗人诉说自己的遭遇。

因为他们便嚷着要进店里来。

她吓得大哭并在床上打滚，
为自己的苦命嚎啕着嚎啕着，
甚至都没问来人是谁。‘难道你脑袋

迷糊了，还是着了魔？’我吼道，
更多的是想把我自己拉回意识
而不是当真出于对她的恼怒

因为敲打声也惊吓了我，他们那样闹腾不休，
而她的哭诉和尖叫让事情变得更糟。
当时他们一直在叫嚷，‘买东西！

买东西！’于是我穿上鞋子和运动外套
走回窗户后边对他们喊道，
‘你们要干吗？能不能小声点折腾

不然我不会下去的。’‘有个小孩不好了。
开开门你就看见——我们要买药
或奶粉或者一瓶随便什么的，’

他们中的一人说。他退回人行道上
让我可以在街灯下看到他的脸
而另一个也走出来我都认出了他们。

但糟糕的是敲打声并未消散，那种安静
更撼动着我。她现在是安安静静的她了，
死气沉沉地躺着，叹气着张望着。

在卧室门口我打开灯。
‘真古怪他们竟不是非找药房不可。
他们到底是谁呢都已经这么晚了？’

她问我，眼睛在脑袋上直愣愣的。
‘我去看看就知道了，’我说，但有些东西
促使我探身到床那边去攥了一下她的手

然后我便下了楼梯走进店铺
门廊。我站在那儿，迈着虚垮的腿脚。
我还记得有一股馊臭的

烹肉味儿或别的什么飘来
然后我打开了门。从那时起

我做什么你也都知道的了。”

“他们一句话也没说？”“没有。他们该说什么呢？”
“他们穿没穿制服？没戴面具什么的？”
“他们是厚着脸皮的就跟他们大白天一样，

臭狗屁地以为老子天下第一呢。”
“真是不能给人有点安慰啊，
不过他们被逮住了，”我告诉他，“进局子了。”①

粗手大脚，衣着得体，一脸实诚，他总是
爱健忘一切事情除了此刻
他那浆桶脑袋里冒腾的东西之外，

他开始微笑。“你已经发福了呀，
自从你在一个礼拜天晚上租来
那辆大奥斯丁去追女孩子。”

经历了生死他却几乎未曾衰老。

---

① 1979年末，数名行凶者被捕，包括两个警察和两个义勇队成员。据称，他们认为被害人是共和军，故私下图谋报复，于是佯装幼儿急诊，骗开店门，实施了杀害，但幕后真相仍扑朔迷离。

始终还是一副运动员的洁净
在他身上闪亮，除了被摧毁的

前额和血迹，他仍旧是那个同样
矫健的中场员，穿着蓝色针织套衫
和熨得笔挺的短裤，球队里的时髦标兵，

完美，洗练，令人不可思议的牺牲者。
“请宽恕我不偏不倚的生活方式——
宽恕我的怯懦审慎的牵累，”

我被自己的话吃了一惊。“请宽恕
我的眼睛，”他说，“我脑袋上的一切。”
随后仿佛一阵剧痛将他穿彻，

他像热浪一般战栗着然后消散。

12

如大病初愈，我一把抓住
码头上伸来的手，再次感受
外来的扶助然后我脚踏实地

便发觉那只援手仍紧攥着我，
湿冷而瘦削，至于是带领
还是被带领我已无法分辨了

因为与我同行的这个高老头[①]
怕是瞎子，他拄着梣木杖步伐笔直
像根灯芯草，但眼睛愣愣地盯着前头。

于是我认出了他的真面目，
就在停车场的地坪上
凋缩得又硬又尖像一丛刺李。

他的话声里漩着所有河流的元音
在我耳中回响，尽管他还未曾开口，
那话声就像一个检察官或者歌手，

狡黠，迷醉，滑稽，确切
如钢笔尖一划，干净利落，
然后他突然用手杖敲打

---

① 指詹姆斯·乔伊斯。

一个垃圾筐，“你的职责
不是什么常规仪式能完成的。
你要做的事情只能靠自己去做。

关键是要为写的乐趣
而写。培养一种工作欲，
想象它的避风港就像你夜里的双手

在乳房的暖窝里梦想太阳。
你现在斋戒了，头晕晕，很危险。
离开这儿吧。别那么热切，

那么急着备好麻布衣和梣树枝。
要放松，放手，忘掉。
你已经听得够多了。现在去弹你的调子吧。”

仿佛我已独自在太空自由漫步，
身边的事物无一不是我所
熟悉的。雨水打在脸上

让我回过神，又听到那说教和揶揄

还在没完没了。“英语文学
属于我们。你是在扒死灰，

在你这年纪就背诵老套哀戚。
万民臣服之类不过是傻瓜游戏，
幼稚之极，像这种农民朝圣活动。

你行善积德做好事到头来只会
失去更多。保持切线就行了。
如果他们拉大圆圈，那你就赶紧

自己溜开，在周围各处
发出你自己的频率信号曲，
声波探测，搜寻，探测，引诱，

整个大海幽深处幼鳗燐燐。”
阵雨突然倾盆而下，停车场
水汽呲呲。在他连忙走掉的时候

水幕绕着他笔直的脚步松开了帷幔。

选自《山楂灯笼》（1987）

# 字母表

1

那影子是他的爸爸两手交叉，
拇指和其他指头啃着墙皮
像一个兔头。他知道
他上学之后还会知道更多。

第一周他每天都在用粉笔画烟圈，
然后画树杈子，他们说是Y。
这叫写字。先画一个鹅脖子再画一个鹅背
就成了一个2，现在他也能看会说了。

在石板上画两根椽子加一条过梁，
这种字母有些叫啊，有些叫唉。
还有图表，还有标语，还有正确的
执笔方法以及错误方法。

首先学“抄写”，然后学“英语”，
做对了就标上一把翘起来的小锄头。
墨水瓶的味道飘荡在肃静的教室。
窗玻璃上倾斜的地球仪像一个彩色的 O。

2

变格词形的诵唱恍如赞美诗，
一列又一列层层叠叠，
《拉丁文基础》第一册，
石纹书皮和恫吓架势，让他生畏。

然后他被寄养在一所更严厉的学校，
校名取自橡树林的主保圣人，①
那里的课程按钟声轰鸣来调换
而他离开拉丁文论坛，躲进

新书法的阴凉里，宾至如归。

---

① 希尼 12 岁考入德里市圣高隆学校，圣高隆（St Columb）是德里的主保圣人，德里的盖尔语原意“橡树林”（doire）。

这种语言的字母就是树林。①
大写是花团锦簇的果园，
手写体的线条像沟渠里缠绕的荆棘。

在这里，女神盘着头发赤着脚，
丝丝卷绺应和谐音与鸟鸣，
诗人的梦如同阳光铺在他身上
然后又溜进了隐晦的密林。

他学习另一种字体。他是抄经师
驱策一组羽笔驰骋在他的雪白原野。
在他斗室的门外，乌鸫扑击敲啄。
然后又克己、斋戒，纯粹的冷。

按照越往北深入越艰难的规则
他俯身书案重新开始。
基督之镰已进入底层灌木。
字体渐渐荒芜，有墨洛温风格②。

---

① 古爱尔兰的欧甘字母以树木的名字作为各个字母的昵称。

② 墨洛温风格（Merovingian）盛行于公元7—8世纪法兰克地区的一种字体，比较瘦长、拙朴，后为更流畅、规范的卡洛林风格取代。

## 3

地球仪飞旋。他进入了木头的 O。①
他左援莎士比亚。他右引格雷夫斯。
时间已推平了学校和学校的窗户。
压捆机卸下草卷就像打印纸，堆叠的麦垛

在丰收后的地场上搭成兰姆达形
还有一窝窝马铃薯窖里的德尔塔形
被直接拍落，印在秋霜上。
都已逝去，唯有欧米茄仍在 ②

每一扇大门上守望着，吉祥的马蹄铁啊。③
然而图形化的语言，空中的绝对者，
如君士坦丁大帝的天光符文“凭此印记”④

---

① 伦敦环球剧院（Globe Theatre）由莎士比亚剧团创立，始建于 1599 年，最初为圆形木楼，戏称“木围子”（wooden O）。据说，剧场的名字取自“世界是一个舞台”。

② 欧米茄（Ω、ω）是最后一个希腊字母，意思是“大 O”。

③ 字母 Ω 状如马蹄铁。西方人家常在门上钉一个马蹄铁，可驱魔辟邪。

④ 相传，312 年，君士坦丁大帝在大战前看到幻日异象，太阳上有一个明亮的十字架和一圈希腊文：Εν Τούτῳ Νίκα，译成拉丁语就是：in hoc signo vinces，意即：凭此印记（你必）得胜。君士坦丁胜利后皈依了基督教。

依旧能支配他；或许这位召魂师

会在他那大宅邸的穹顶上
吊着一个上了色彩的世界形象
所以当他四处周游的时候
眼中便能看到整个宇宙的形象

而非“伶仃什物”。又如宇航员
通过小舷窗观看他的出生地，
那升腾的、水状、单一、透亮的 O
就像一枚放大的浮动的鱼卵——

或者，就像我本人睁着前反思①的大眼
急不可耐地注视着梯子上的泥水匠
刮平我们家的山墙然后用抹刀尖写上
我们的名字，一个个奇特的字母。

---

① 前反思（pre-reflective），萨特哲学概念，大意指：在笛卡儿式的“我思”之前，还有一种真正的原始意识，即前反思，它还没有设置主体/客体的对立，是思维的前提，是人的真正的存在，哲学研究应以此为出发点。

## 山楂灯笼

冬季的山楂不合时宜地燃烧，
带刺的果儿，给每个小人一盏小灯，
但对他们一无所求只要他们守护
那自尊的灯芯不让它熄灭，
也不会用巨亮去晃瞎他们的眼睛。

但有时当你的呼吸在霜雪里喷吐
它会化作第欧根尼漫游的身影，①
提着灯笼寻找一个正直的人；
当他把树梢上的灯笼举到眼前
你终于在山楂后面被仔细端详，
而你畏缩于它坚实的髓肉和硬核，
希望它那放血的尖刺给你检验和澄清，
它那挑剔的成熟将你透视，然后继续向前。

---

① 第欧根尼是古希腊犬儒派哲人，行为怪诞，传说他曾在白日提灯四处寻找诚实的人，或真正的人。

# 作于良心共和国

1

当我在良心共和国着陆，
引擎熄火，万籁俱寂，
只听见跑道上空一只鹬鸟的声响。

入境处的书记员是个老头，
他从土产的外套掏出皮夹
给我看一张我爷爷的照片。

海关的女士要求我申报
我们传统医药的用语和
治疗哑巴和防止邪眼的符咒。

没有脚夫。没有译员。没有出租车。
你要负担自己的包袱然后很快

你的巴结特权综合征就消除了。

2

在这里，雾是一种可怕的恶兆而闪电
预示着普遍的善，父母亲会把襁褓中的
婴孩悬挂在雷雨天的树枝上。

盐是他们的珍稀矿产。海贝
在诞辰和葬礼上被捧到耳边。
所有笔墨和颜料的基质都是海水。

他们的神圣标志是一艘图案化的船。
船帆是一个耳朵，桅杆是一支斜倚的笔，
船体呈嘴状，龙骨如一只睁开的眼睛。

在就职典礼上，国家领导人
均须起誓拥护不成文法并要痛哭流涕
以抵偿他们身为官员的有罪推定——

并宣认他们的信仰，一切生命皆源自
泪水之盐，源自大天神有感于

他自身的漫漫孤独而流下的泪。

3

当我从这清廉的共和国归来，
两条胳膊一样长[①]，海关的
女士坚决主张我的补贴归我本人。

老头站起来注视我的脸，
然后说，这是正式承认
我现在拥有双重国籍。

因此他期望我回国以后
能认识到自己身为一名代表
要用我的语言替他们说话。

他说，他们的大使馆遍及各地
但都是独立运作
而且每个大使的任期都是终身的。

---

① 爱尔兰谚语，两条胳膊一样长，意即两手空空，没有提着礼物。

# 石决

当他站在审判庭的时候[①]
手里拄着拐杖，阔檐帽子
还戴在头上，但已被自我怀疑以及
令色和托辞的老式轻侮给摧残，
如果判决被人说漏嘴那就不公正。
他所期待的要多过终极法院的辞令
他仰仗了一生的是闭口不言。

不如就像赫耳墨斯的审判吧，[②]
那石堆之神，上面的石头都是裁决
结结实实地砸在他的脚下，垒在他的身周
直到他站在齐腰深的冢垛里

---

① 诗人大概在想象他的父亲在面临末世的最后审判。

② 在一些古希腊神话中，赫耳墨斯也是死者灵魂的接引者（psychopomp），他会称量灵魂的重量，然后把他们带向地府；但赫耳墨斯的一般形象是聪慧圆滑、多才多艺、能言善辩的神。

达到了免罪：也许是一根门柱
或坍塌的墙基，大家草掩埋着沉默，
但最终会有人将它打破，说："在此地
他的精神犹存，"然后还会说上很多很多。

## 清空（节选）

怀念母亲 M.K.H.，1911—1884

3

从前其他人都去望弥撒的时候
我便全属于她，我们在家削土豆。
它们打破了沉默，一颗接一颗
像焊锡珠子从烙铁上滴落：
凉爽地搁在我们中间，共享的成果
在一大桶清澈的水里闪烁。
滚落不断。欢愉的小小水花
从彼此的劳动把我们的感觉激发。

后来当教区牧师来到她的床前
声情并茂地进行临终祈祷
有人回应经文有人模糊了泪眼，
我想起那时她的头和我的头紧靠，

她的呼吸与我交融，我们的刀子飞快——
这样的近切我们一生再也不曾复来。

## 7

他在最后几分钟对她的诉说[①]
几乎比他们的一生还要更多。
“礼拜一晚上你就能回到新路，
到时我去接你，我一进门
你就会开心起来……对不？”
他俯向她的垫高的头倾诉深深。
她听不见，但我们喜不自禁。
他叫她好姑娘。她就此去世，
对脉搏的搜寻已放任听凭，
在现场的人都明白了一个事实。
我们围拢的空间已腾到内心保管，
那猛然清开的净空被它贯穿。
所有高唱都被伐倒了，
一种纯粹的改变发生了。

① 这里的“他”指诗人的父亲帕特里克，一个信守沉默是金的男人。

# 祈愿树

我想过她是一棵枯死的祈愿树
并眼见它复苏，生根抽芽，高参天际，
在雨中摇曳，应和着所有的需求，

一求一求一求深深揪进它矍铄的
树皮和木质部：硬币、别针和铁钉[①]
从它身上奔流而出像一道彗尾，

新铸的熔融的。我曾有一个幻象，
一根轻灵的枝梢从湿漉漉的云团探下来，
俯首看向那树木原先生长的地方。

① 英国有些地方民俗将硬币等物锤进树干或枯木中，以示祈福，钉得密密麻麻。

选自《特洛伊的疗救》（1990）

# 特洛伊的疗救（节选）

世人多苦难。
他们互相折磨。
他们越受伤越坚强。
没有诗歌、戏剧或歌曲
能完全改正一个错误
若已被施行和承受。

历史说，莫把希望
寄托在坟墓这边，
但是啊，一生中有一次
那渴盼的正义海啸
能滚滚而来，
希望便与历史和鸣。

所以对滔天巨变的希望
寄托在复仇的那一边。

相信遥远彼岸
可从此处抵达。
相信奇迹
和疗救以及圣泉。

把奇迹称为自愈，
纯粹自发自知
恍然大悟的感觉。
如果山上有火
和闪电以及风暴
还有神明在天上说话，

那就意味着有人听见
新生命诞生的
啼哭和叫喊。
意味着一生中有一次
正义滚滚而来，
希望与历史和鸣。

选自《幻视》（1991）

# 标记

1

我们标出球场：四件夹克当四根门柱，
这就全了。边角线和方格
就像当地的经度和纬度
生在坑洼的场坪底下，到时候
就要看是一致同意还是
不同意了。然后我们挑人组队
点了名之后在一条线上分成两边。

小崽子们在场上没头没脑地叫喊
天都黑了还在继续比拼
因为这时他们在头脑里打球呢
而现实中踢来的球对于他们
像梦一般沉重，他们在黑暗中
喘不过气，在草地上摔跤，

听来就像在另一个世界里奋斗……
那是迅速而持久的，一场从不需要
打到底的比赛。某个界限已被打破了，
那里有飞逝如电，滚滚向前，永不停歇
在附加的，既难料又自由的时间里。

2

你也喜爱花园里木桩标出的线，
铁铲沿着绷紧的白绳切开第一道
笔直的边际。或是测量精准的绳子
标出一座房子地基的轮廓，
木栅栏的板条在每个转折处
构成直角，每一块新锯开的木板
齐齐整整地排在异常温顺的草坪上。
或是想象的线条笔直穿过
一块准备开垦的牧草田，
从地头这边插着的木棍连到那边
插着的另一根木棍。

3

这一切都进入了你

仿佛它们既是门又是进门来的东西。
它们标出地点，标出时间并把它敞开。
收割机分开玉米的青铜之海。
起锚机从水中绞起了核心。
两个拉大锯的人让它来来回回
在一棵伐倒的山毛榉里游动
那样子就像桨手在划动坚实的大地。

# 幻视

## 1

礼拜天早晨的茵尼什波芬[①]。
阳光，泥炭烟，海鸥，船坞、柴油味。
我们一个接一个被人传送
到船舱里，一步一沉，摇荡不定，
真吓死人了。我们挤挤坐在
短条凳上，紧张地三两偎依着，
乖孩子，新相识，没人说话，
只有船员们提到舷缘下沉
看来随时都有可能进水。
海面非常平静但即便如此，
当引擎启动，我们的摆渡者

---

① 茵尼什波芬（Inishbofin），本义：白牛岛，位于爱尔兰最西侧近海的一个小岛，旅游胜地。

晃悠找到平衡，一手把住舵柄，
但那巧妙而稳重的船只本身
却令我惊惶。我们依仗的平安术——
快速反应、救生衣和游泳——
只让我不停挣扎。从始至终
我们一路平稳地航行在
那幽深、宁静、清澈见底的水面，
我仿佛是在另一艘船上观望，
它浮游在高空，远远地，能看到
我们怎样不顾一切向清晨进发，
　　徒劳地爱着我们裸露、低垂、时日有限的头脑。

2

Claritas[①]。这干巴巴的拉丁词
最适合形容一个表现水的石雕，
耶稣站在那齐膝深的河边
而施洗约翰将更多的水倾注
在他头顶：一切尽在阳光普照的
一座主教堂外立面上。线条

① Claritas，拉丁语，意即：清晰、明丽、显赫。

硬朗而纤细，蜿蜒着象征
流动的河。在那些线条之间
古怪的鱼儿游来游去。没别的了。
然而在全然的可见性之中
石头却洋溢着那些不可见之物：
水草，忽聚又忽散的沙粒，
那荫凉但不阴暗的流水本身。
整个下午，台阶上浮动的热浪
以及我们站起时浮动在眼前的空气
如同波状的象形文字表示生命。

3

很久以前我那差点没淹死的爸爸
走回我们家小院。他去过河边
给滩地里的土豆苗喷了药
但不肯带上我。马拉喷水车
太大了又是新玩意儿，蓝矾①有可能
烧伤我的眼睛，马还认生，我
会吓坏它的，等等。我拿石头去砸

① 蓝矾（bluestone）用于杀虫剂。

屋棚顶上的鸟，其实就是想
弄出点叮叮当当之类的滚石声；
但他回家时，我已在屋里边
看见他在窗外，两眼失神，
一脸颓丧，怪怪的没戴帽子，
他脚步凌乱，浑身鬼里鬼气的。
他在河岸上正要掉头的时候，
马儿犯了犟脾气，一蹶子尥翻
车架和水箱，一切都失去了平衡，
于是全套装备都跌入一个深深的
漩涡，马蹄、链条、辕杆、车轮、喷筒
和挽具，都从世界上滚滚摔落，
至于帽子早就乐呵呵地一路翻腾
去了更安宁的流域。那个下午
我面对面直接看到他，他向我走来，
踏着被河水泡过的湿漉脚印，
从此以后我们之间就再也没有
任何不够幸福快乐的事情。

## 87年1月1日

道路危险。
但我用爸爸的手杖
面对今年的冰。

# 视野

我记得这个女人[1]，她在轮椅上
已静坐了多年，两眼直直地望着
窗外的那些槭树在小巷尽头
掉了叶子又长了叶子。

直直望过角落的电视机那头，
伛伏、欹曲的山楂树丛，
同一群背对着风雨的小牛犊，
同一亩艾菊，同一座山。

她坚定不移就跟那扇大窗一样。
她的额头明亮如同轮椅的镀铬部件。
她从未有过一点哀戚也从未
担负过一盎司多余的情感重量。

---

① 指希尼的姑妈。

和她面对面就是一种教育
好比你穿过一扇强固的大门——
像路边那种简单、清爽的铁栅栏
拦在两根刷白的立柱间，让你能看到

深远得超乎意料的乡土
并发现那树篱背后的田野
变得全然陌生而你久久站着，
注目和沉迷于那阻挡的门。

# 重访格兰莫（节选）

## 7　天窗

你是那种要有天窗的人。我反对
在已定型的油松木榫槽拼板上
开个大口子。我喜欢它的低矮阴暗，
那种幽闭症似的，窝在屋顶下的
效果。我喜欢那种干干爽爽的感觉，
旧天花板严丝合缝的完美闭拢。
在那下面，就全都是箱笼和柜门。
蓝色石瓦像夜半的茅屋顶保持温暖。

但若拆通了石瓦，奢侈铺张的
天空迎面扑来叫人惊喜万分。
这些天我感觉自己就像住进了
《圣经》中的那间屋里，曾有个瘫子

从房顶缒下来，他的罪赦了，

病也治好，便拿起褥子走了出去。[①]

① 参见《圣经·新约》(太 9：2—8、可 2：1—22、路 5：17—26）中耶稣治瘫子的故事。

## 枕着的头

拂晓。珠母色的
夏日早临。如割的胭红
和如洗的奶蓝。

要第一个上路，
驱散地气和雉鸡。
要更成熟和感恩

这一次你也怀着感恩
阵痛开始——早有预备
且头脑清醒，已预知

那创痛，以欣然
接受的意志面对它。
（记得第一次，惊惶地

穿着那件剪开的白布袍子，
你更像新娘而不是大地之母
在一张带脚蹬的产床上，

现在你镇定自若
进产房之前
好比去码头散步。）

没多久我便差点晕厥地
将一个拍打过的摸得着的小女孩
接到了手里；但照常

恢复过来，睁着两只大眼
目光已在破晓中窥见前所未有的
远方，并洞悉了这是

所有等待之晨的最后一次，
那时你圆拱的眉毛是一道长守的沉默
而黎明大合唱还无声无息。

# 养育物

"那水中培养的浓重绿意"

——约翰·蒙塔吉[①]

上学时我喜爱一张照片上的浓重绿意——
装备着风车旋臂和翼板的地平线。
磨坊的静静轮廓。如果倒影在运河中
它们的各得其所愈加各安其所。
我的心里一刻也不曾忘怀
一块土地内在的水力学，
那种黏滑和湿腻以及晨昏的潮汐。
我淤塞的希望。我的心灵洼地。

存在之重。诗歌
怠滞于纷纭世界的泥潭。

---

① 约翰·蒙塔吉（John Montague，1929—2016），爱尔兰诗人。

我一直等到年届五十
才相信奇迹。好比补锅匠挂锅盆
做成树钟。等待着让空气亮堂，
让时间炫目，心情灿烂[①]。

① 灿烂（lighten），也可理解为：轻快。

## 灿烂（节选）

### 8

编年史上说：克隆麦诺伊斯[①]的教士们
全体在礼拜堂祈祷时
一艘船凌空显现在他们上方。

铁锚一路长长地拖下来
钩住了祭坛的栏杆
然后，巨大的船体晃动着停了，

一个水手攀出来拽缆绳
拼命想松开铁锚。但徒劳。
“这人无法忍受我们此地的生活，会淹死的，”

① 克隆麦诺伊斯（Clonmacnoise），爱尔兰中部古教堂遗址，有编年史传世。

院长说，“除非我们帮他。”于是
他们都伸出援手，脱钩的船又开动了，那个人爬回去
离开了他已曾见识的奇迹。

# 跨越（节选）

27

万物流变。哪怕一个坚实的男人，
一个在自家在行当上的顶梁柱，
全套黄皮靴、手杖和软毡帽，

也会从脚踝生出翅膀并飞快地长成
晴天、石柱、大道和路口的神祇，
旅客的守护者以及灵魂向导。

“在船上要找到一个拿梣杖的人。”
我爸爸嘱咐他要前往伦敦去的
妹妹，“整夜都待在他旁边

你就会安全的。”流啊，流啊，
灵魂向导指引的灵魂之旅
以及手杖随身的买卖人的秘传！

选自《水平仪》（1996）

## 祈雨棒[①]

### 给贝丝和兰德[②]

把祈雨棒倒竖，接下来发生的
是一种音乐，你以前绝对从没听过
这样的。在仙人掌的茎干里

大雨倾盆，水闸喷涌，漫流和回浪
一路泛滥冲刷。你站在那里像一管芦笛
被水奏响，你再轻轻摇动它

渐弱音就淌过它的全部音阶
像檐槽滴答着停歇。而此刻又有
几颗水珠从青葱的叶片滚落，

---

① 祈雨棒（rain stick），南美传统打击乐器，略如手臂大小，用树形仙人掌茎干掏空制成，内置干刺、砂砾等，摇动时发出下雨、流水等声音。

② 兰德（Rand Brandes），美国诗歌教授，希尼研究专家，曾送了一根祈雨棒给希尼。

然后是青草与雏菊上纤微的小湿露；
然后是灿灿的细雨，风中隐隐的呼吸声。
再将祈雨棒倒竖一次。接下来发生的

是从不减弱地相信此前已然发生的灵验，
无论一次、两次、十次、千次。
谁会在乎那一切流溢的音乐不过

是砂砾或干草籽在仙人掌里滚动？
你就像一个富人要想进天堂
先穿过一颗雨滴的耳朵。请再听一遍。

# 一张四十年代的沙发

我们全都在沙发上排成行，一个
跪在一个背后，从老大到老幺，
胳膊肘像活塞摆动，这就是火车了，

在墙柱和卧室门之间
我们的时速和里程不可估量。
我们先转轨，然后鸣笛，然后

又有人去给那些无形的乘客
验票并非常庄重地打孔，
这时车厢一节节在我们脚下

飞快移动，吭哧吭哧，沙发腿
也叫人眼花，那些不可触及的人
在远远的厨房那边开始招手。

*

幽灵列车？死亡贡朵拉？雕花曲线的尾艄，
黑色人造革和它那富丽堂皇的枯瘦
仿佛令这张沙发已实现了

漂浮。它那些踮脚尖的转轮，
穗带和流畅的靠背让它洋溢出
一种老朽不堪的奢华之气：

当客人们忍受它，挺着脊背，
当它远远躲在它自己的淡漠中，
当圣诞节早晨那些不充足的玩具

出现在它上面，它总坚持自己，
有升天潜力，但仍踏实地留在地上，
在那些让你也许欢喜或丧气的事物当中。

*

我们从收音机台桌底下开进
历史和无知。哟嗬咿咿呀，

唱起《牧场骑士》，下面播送新闻，

绝对正确的播音员说。他和我们之间的
巨大鸿沟已经确立，标准发音在那里
实施独裁专政。接收天线

从树梢一路拖曳而下穿进窗框的
一个窟窿。当它被风吹动，
语言的摇摆及其推力

就在我们身上拖曳摇摆，如水中的渔网
或远远的列车那抽象、孤独的弧线
带我们开进历史和无知。

*

我们拼尽全力给自己占好座位，
并适应那种不舒服。
坚定不移本身就是一大回报。

在前方，宽大的衬垫扶手上，
有人往外边伸长脖子，那是司机或

司炉，正用一副饱经磨难的表情

擦拭他干燥的前额。我们是
他最不上心的事，大概；我们感觉
正迎面从一条隧道穿过

就像漆黑的车厢在夜里穿过田野，
我们唯一要干的就是坐着，目视前方，
就这样被运载并发出机车的轰隆声。

## 继续坚持

给休[1]

那来自远方的风笛手就是你，
身上晃悠着一把石灰刷子
当皮毛袋[2]，一张餐椅
倒挂在肩头，右臂
假装要夹紧手肘下的气囊，
你瞪圆的眼睛和鼓胀的腮帮简直要
爆出大笑，但仍坚持把笛声
无穷无尽地吹响，在换气之间。

*

那把石灰刷。一件发白起花的旧物

---

① 休（Hugh）是希尼的弟弟，排行老四，在家乡务农。

② 皮毛袋（sporran），苏格兰男子传统服装中的小挎包，军乐队风笛手的皮毛袋上饰有马鬃流苏，略如毛刷。

挂在牛舍的门背，等候时机，
只待春风唤起了浆桶里的灰膏
并让搅棍把它跟水一起拌和。[①]
那股子气味叫人眼泪直流，我们吸进
某种泛绿的灼烧物并想到了硫磺。
但若真正动手刷起墙来
汤汤水水，湿答答的灰色块
大片大片地掼在墙上，然后随着晾干
越来越显白，这一切就像是魔法。
我们从哪里来，据说我们已经收复的
这个国度是什么？我们的影子
在墙上挪动，一道沥青花坛闪烁
在整座房子的四周，一道黑色的分界
像新挖的、刺鼻、恶臭的渠沟。

*

在山墙上尿尿，会召集死人。
但各不一样。女人在天黑之后

---

① 参见 T.S. 艾略特诗《荒原》开头：四月是最残忍的月份，从死地养出丁香，拌和回忆和欲望，用春雨搅动呆滞的根须。

睡觉之前去那里蹲上一阵，
便是灵魂没人打扰的唯一时机，
便是脸庞和身体在上天的眼中
静下来的唯一时机。
奶香和尿臭，
储粮间，家养的野兽，偷听的卧室。
我们过去曾在那里一起生活，
在一种知识中，它的转译也许超不出
我们至今仍无法确定是否发生过的
那些刮风的午夜。它闻着像山中古堡的黏土
和牛粪。刺棘树被伐倒的时候[①]
你折断了胳膊。当一只奇怪的鸟好几日
落在牛舍屋顶的时候我也分担了那种恐惧。

*

那一幕，麦克白无助又决绝地
陷入噩梦——当他又再遇到老巫婆
并看见水锅里的鬼影憧憧——
这种情形我早已见惯不怪了。炉膛，

① 在爱尔兰风俗中，山楂等刺棘树丛是有灵异的，滥伐不吉。

蒸汽和啸叫，烟蒙蒙的头发
遮住了半边脸。“你要去新学校了[①]
但别交结那里的坏孩子。你听到没有？
你听见我跟你说的话没有？别忘了！”
然后搅棍催动着麦粥，
蒸汽的冠冕盘旋着，所有亲昵的
以及恐惧笼罩的事物都在那一刻发亮，
然后渐渐晦暗，殒命，消散。

*

麦粥样的脑灰质混着血浆[②]
喷溅在石灰渍上。一块干净地方
是他的头部曾经的位置，其余污渍尽归入
他在当天早上背靠的那堵已晒干的墙，
而那天早上一如其余的早上
这位兼职预备军人携带[③]着他的午餐盒。
一辆汽车缓缓驶过城堡大街，顿了一下，

---

① 希尼 12 岁时以优异成绩考入德里市的圣高隆中学就读。

② 1977 年 3 月 15 日，希尼家乡附近的一个中年男子在上班途中被共和军武装分子枪杀。

③ 携带（toting），也常指携带枪支等。

横过街心公园，继续慢行然后停在
他的位置，但这不是他的顺风车。
然后他看见一张再大众不过的大众脸
还有一支枪指着他自己的脸。
他的右腿往回钩，脚掌和脚跟
都抵着墙，右膝稳稳支撑着，
就这样他没有动弹，拼尽全部力气
顶着，最后倒在沥青路面之外，
他丰沛的血浆喂饱了排污渠。

*

我亲爱的兄弟，你真有毅力。
你留在发生事件的地方。你把大拖拉机
开到街心公园，你向人们招手，
你大嚷大笑压过转速声，你为保持
那些老路的通畅而驶上新路。
你曾把风笛手的皮毛袋称为石灰刷子
然后装备起来，领我们向厨房进拔，
但你不能叫死人走起来也不能纠正过犯。
我看见你时常要拼尽吃奶的力气，
在挤奶厂的两头母牛之间

勉力支撑，直到晕眩缓解，
然后在牛屎味儿中又醒转过来
并疑惑，就这样了吗？这就
起初如此，现今如此，末后亦如此了吗？①
然后你揉一揉眼睛，看见我们的旧刷子
还挂在牛舍门上，继续坚持。

---

① 出自天主教常用祈祷文《圣三光荣经》(*Gloria Patri*)，经文原为肯定句。

## 两辆卡车

雨水浇着乌黑的煤和暖湿的灰烬。
院子里有车轮印，阿格纽的旧卡车
放下所有挡板而送煤工阿格纽
用他那贝尔法斯特口音挑逗我妈妈。
她想不想去马赫勒费尔[①]看电影？
但是下雨了而且他还有一半的货

要运到别处。我们这一次的煤
采自丝般乌黑的矿层，所以灰烬
也丝般的雪白。马赫勒费尔的
班车（经图姆桥）开过了。半空的卡车
还有那些倒干净、叠好的煤袋子鼓动着我妈妈：
这个戴着皮围裙的送煤工可真有意思啊！

---

① 马赫勒费尔（Magherafelt），北爱尔兰小城，在希尼家乡附近，他妈妈经常搭班车去那里购物。

还电影呢！一个送煤工的奇想……
她回到屋里去拿了石墨和砂纸出来，①
这位二十世纪四十年代的母亲，
全部事业都围着炉子转，用手背擦掉些
脸上的黑灰，她看着卡车上好挡板
然后加速掉头驶向马赫勒费尔

去送最后一批货。哦，马赫勒费尔！
哦，红丝绒座椅和城里送煤工的迷梦
随着时间快进又有另外一辆卡车
嘎吱驶入镜头，开进布罗德街，其有效载荷
能把班车站化为尘土和灰烬……②
事件发生后，我在幻象中看到我妈妈，

一个游魂坐在长凳上，在马赫勒费尔
满地冷清的候车室我们常见面的那个地方，
她的购物袋里装满一锹锹的灰尘。
死亡像一个灰头土脸的送煤工从她身边走出来，

---

① 她准备打理铸铁炉子，先用砂纸打光外壁，然后用石墨均匀涂黑。

② 1993 年 5 月 23 日，马赫勒费尔市中心汽车站遭到爱尔兰共和军的汽车炸弹袭击。

重新折好运尸袋，叠起他的货物，
空虚摞上空虚，腾起一阵阵

飞灰和引擎轰鸣，但现在
是哪一辆车？青年阿格纽的车还是另一辆，
更重型、更要命的那辆，它设定的爆炸
时间超越了她待在马赫勒费尔的时间……[①]
那么，送煤工，数数你的麻袋然后跟黑暗调调
情吧。
听听雨点在新烧的灰烬里扑哧作响，

当你满载了一车名为马赫勒费尔的尘土，
然后再次从卡车现身，化作我妈妈的
披着丝般白灰驾着梦幻豪车的甜嘴送煤工。

---

① 爆炸案发生时希尼的妈妈已去世多年。

# 圣凯文和乌鸫

从前有个圣凯文和乌鸫的故事。
圣人正跪在他的庵房，双臂前伸，
但庵房太狭窄了，所以

一只上托的手掌伸出了窗户，硬邦邦的
像根横梁，这时有只乌鸫飞过来
落在他手上还在那里做窝下蛋。

凯文感觉到暖暖的鸟蛋、小小的胸脯、蜷缩的
漂亮脑袋和爪子然后，他发现自己被连接
到了永恒生命的网络之中，

并被感动得垂怜：现在他必须挺着手
像根树杈伸向阳光和雨露，一周又一周
直到小鸟们孵出来、长出羽毛、飞了出去。

*

既然整件事完全是人想象出来，
想象就成了凯文。哪一个才是他？
是无私忘我还是整日苦痛煎熬

从颈脖一直穿彻伤痕累累的前臂？
他的指尖在昏睡吗？他能不能感觉膝盖？
或说是地府里闭眼不见的虚空

潜进了他的身体？是他的头脑有隔膜吗？
孤单单地映照在那爱的深河，
“受困苦，毋求报，”他祈祷，

这是他全部身心的祷告
因他已忘却自己，忘却了鸟儿
并且在河边忘却了那河的名。

# 砂石路[①]

砂石河滩。起初，在那里。
盛夏时节，钓鱼人的摩托车
深陷在路旁的花丛，像落马的骑士
让我们过后去追问他的幽灵：“运气好吗？”

当世界的引擎都已装配，青嫩的坚果
晃悠着、簇拥着，越来越靠近旋涡。
树干浸入水中。打火石和砂岩块
在互相碰撞中逐渐磨圆，然后缩小成[②]

浅滩的一闪，扭扭糖般湍急的水流里
成群的鲫鱼为我们的玩闹所惊吓——
一种永恒终被打破，当拖拉机

---

① 诗题出自同名爱尔兰传统舞曲。
② 这首诗的原文多处用 SSSS 的头韵来暗示沙沙声。

将它的挖斗犁进砂石滩

然后水泥搅拌机开始活跃起来，
穿工作服的男人像被拘来的幽鬼
在搅拌混凝土，填料、转动、换向、转动，仿佛
有个埃及法老制砖厂在他们的脑中燃烧。

*

珍藏和赞美这砂石的真确性吧。
识货的人奉为至宝。大地的结晶。
它单调的咔嚓之歌刮着铁铲
对“公道价格”之类的词进行敲测和喷砂。

无论河里或河外都一样美，
在你的体内也有着砂石的王国——
在深深处，在远远处，清清的水淌过
焦糖褐、冰雹白、鲭鱼蓝的卵石。

但真正淘洗出的那种物质会让你
在弯腰拖动满满的推车时又慢又稳，
像获得入一种肉身的赦免，

疲惫的骨头和脊髓中感觉到已解脱的生命。

那就凌空蹈步吧，哪怕你明知这样不对，
也要把自己建立在某种境地，介于
那些混合了灰色水泥的坚固工件
和一首名为《砂石路》的召唤绿色的曲子之间。

# 一个电话

“等一下，”她说，“我马上跑去叫他。
今儿的天气好，他正赶着趟
去除点草呢。”
我仿佛看见他
在扁葱的垄畦边上手脚趴叉地
抚摸、端详着，一棵一棵
区别开来，温柔地拔掉
所有不够挺实的、瘦弱和没长叶子的东西，
欣喜地感受着那些小根须一个个断裂，
但也有懊丧……
然后我发觉自己在听
客厅里的挂钟那放大了的沉重滴答声，
而这没人搭理的电话就撂在
玻璃镜和被暴晒的钟摆的一片安宁里……

然后我发觉自己在想：要是当今，

死神就是这样来召唤某某人吧。

然后他接了电话，而我差点说出我爱他。

# 今夜在威克洛也有狗吠

悼念多纳托·诺加[①]

当人类发现了死亡之后
就派一条狗去给丘克伍[②]带话说：
他们想重新回到生命家园。
他们不想死后永远消失
像那些烧过的木头化成烟雾
或灰烬被风一吹就全没了。
他们宁可看到他们的灵魂一群群
在黄昏时呱呱飞回同一个老巢，
每天清晨迎接同样的晴空和翼展。
死亡就像在林子里度过了一夜：
破晓时分他们就能回到生命家园。
（狗本该把这些话告诉丘克伍。）

---

① 多纳托·诺加（Donatus Nwoga，1933—1991），尼日利亚学者，主攻非洲神话和诗歌，是希尼的大学同学。

② 丘克伍（Chukwu），尼日利亚神话中的主神。

但对这条狗来说死亡和人类只占
次要位置，他一路蹦跶着就在大白天
走偏了路线去跟另一条狗狂吠，
谁叫他也在河对岸那边朝他吠呢。

所以，是蛤蟆先来到丘克伍面前，
这蛤蟆一早就在旁边听到
狗应该捎来的话。“人类，”他说
（他在这里得到绝对的信任，）
“人类想要死亡永远保持。”

于是丘克伍就看见人的灵魂变成鸟
向他飞来，就像一群黑点点在夕阳下
去到一个既没有巢穴也没有树木的地方，
再也无法返回生命家园。
他的心一时间变得红彤彤的黑沉沉的，
而且即便那条狗后来把一切告诉他
也改变不了那景象。伟大的头领和伟大的爱
都在那光中消没，蛤蟆躲进烂泥，
那条狗一整夜都在停尸房后面吠叫。

# 在井口

当你跟平时那样闭着两眼唱歌
你的歌声像一条本地的路，
我们已知晓它过往的每个拐弯——
在那蚊蚋遮蔽、树篱高耸的岔路上你久久站立，
望着听着，直到一辆车
开来又远去，只剩你一人
比当初你刚来时更寂寞。啊，唱吧，
亲爱的闭眼人，亲爱的声音远播的老手，

把你自己唱到那歌声的发源处，
热切又孤绝，就像我们的盲人邻居
整日里在她的卧室弹着钢琴。
她的音符传到我们耳中就像刚绞起的水
又从桶子里打泼在井口上，
我们对此只能静听，沉默和发呆。

*

这位天生失明、声音甜美、闭门不出的音乐家
就像厚厚的土层里掩藏的一座银矿。
白日的光照中闪烁的黑夜的水。
但也只是我们的邻居，洛茜·奇南。
她摸过我们的脸。她让我们摸过她书上的
盲文就像送来一本本墙纸样品册。
她的双手灵巧，她的两眼充满
开放的黑和一种水样的闪光。

她通过声音认识我们。她曾说她“看见”
某某人或某某事情。和她相处
是亲切和有益的，就像一种治疗
在你不经意间就发生了。当我朗诵
一首写到奇南家水井的诗，她说，
“现在我能从井底看见天空。”①

---

① 参见希尼早期诗《个人的诗泉》(*Personal Helicon*，1966)。

# 在巴纳赫[①]

就在那里突然对我显现，
这位老练裁缝是我的前辈：[②]
他在台桌前，盘着腿，拆开

一件必须重剪或重缝的服装，
抿紧嘴唇，牙齿咬着线头，
从不发表意见，什么也没说，

眼皮镇定得像起皱的角或铁。
把自己置身事外，既流浪又安居；
若能进入厨房，进入衣服

---

① 巴纳赫（Banagher），北爱尔兰山区古镇。

② 参见叶芝诗《亚当的诅咒》(1904)：一行诗也许要花几个小时，但若是表现不出一瞬间的灵感，我们再修修补补也都是徒然。那还不如跪下你的膝盖骨去擦厨房地板。

他的指尖具有将它再变成布料的魔力——
就这样他突然对我显现，
不敞开，不欺伪，不阐明。

*

但愿他在工作中更有魔力，莫局促
于我的审视，哪怕他多年来
总叫人审视不透，看他穿针引线

或对齐贴面、衬里、褶边和接缝。
他捏着针稍微侧开一点，眯着眼睛，
舔过线头又再舔然后一穿而过，

然后他从容地拉齐两个线头，
猛地扽两下。然后继续缝。
他有没有想过这些意味着什么，

他会想吗？是否在意他的脑袋靠向哪边？
我的巴纳赫如来佛，因你的存在
这道更宽阔了。

# 后记

什么时候能抽时间驱车西行，
入克莱尔郡，沿鸢尾滩，①
在九月或十月，那时的海风
和阳光正互相配合工作
便使得大洋在那一头痴狂
于浪沫和晶亮，而陆地的石板间
一泓灰黛色的湖面在天鹅群
那通天接地的闪电中照射，
它们翎羽粗乱蓬耸，白上的白，
它们发育丰满的犟脑壳样的脑袋
或蜷缩或顶立或在水下忙活。
别指望你停下车来就能更彻底地
将它捕捉。你既不在这里也不在那里，

---

① 爱尔兰岛西侧克莱尔郡的鸢尾滩（Flaggy Shore）为石灰石板岩海岸，景色优美，萧伯纳、叶芝等人曾在这里度假、创作。

只是匆匆地掠过那些已知和陌生的事物，
在汽车两边传来阵阵阔大温柔的拍击
抓住了不防备的心并让它轰然开敞。

选自《电灯》（2001）

# 从包包里来（节选）

## 1

我们都是从克林医生的包包里来的。[①]
他总带着包包上门，躲进房间，
当他再出现时就在厨房水槽里洗

那双灵巧、红润、宽大、柔软的手，
包包的衬里内层
（色如猎犬的耷耳朵内侧）

空空地敞着大嘴，没扣弹簧夹子，
任谁都看见。然后像催眠师
让我们放松一下，他把器械卷起

① 希尼九兄妹均由克林医生接生。

收进各自的夹层，还用布条
像围裙一样妥妥系好，
门口一黑他便走了，

包包拎在手里，像龙骨饱满的方舟……
等到下一次再上门来
毛皮衣领也是猎犬色的了，

他又弓腰走进房间，一阵
消毒水味，马甲缎子上
荷兰室内画般的亮泽和产钳上的高光。

把水备好，是下一步——
不要滚滚烫，不要微微暖，要温和，
泡沫浓厚，专为他留在雨水桶里

并等他过后享用，所有感激
都不必了，他又快又狠地擦干手，
接着哧溜一下把双臂往后伸进

有人伺候的衬了丝绸的驼绒大衣。
那一刻他曾把眼睛转过来看我，

如朔方极地，北风之上的蓝，

每当他的名字被提起，我就朝
两个窥视孔去偷看那上锁的房间，脱脂
牛奶和冰块，洗干净的瓷器，洁白

冰凉的地砖，钢钩子，镀铬的手术用具，
还有在每一堵冷冷的墙脚
血渍渗透厚厚的锯末。头顶上

那些细小、悬空、奶嘴色的婴儿器官
整齐地串在一根靠近天花板的绳上——
脚趾，脚和小腿，胳膊，鸡鸡

有点像他在扣眼里别着的玫瑰花蕾。

4

我出生的房间以及我们兄弟出生的房间
依旧绝对真实，我独自站在那里，
站在时间的通道，而她睡着了

盖着床单等医生，结婚礼物
一次一次出场，不仅婚礼，
在出生和死亡时也寻常有用。

我在床边，酝酿着真实，
当她闭上又睁开眼睛，然后又重新
陷入一种恍惚的微笑之际，

我每次都进入她的视域范围，
时隐，时现，予以协助
并听到那胜利的沙哑低语，

“你觉得
在我睡着的时候
医生给我们送来的小宝宝怎么样？”

## 衣服的神龛

在早年月里
会有一种全新的甜蜜
每当看到亮白的细布短衫
挂在透明尼龙绳上
在浴室里滴干水
或尼龙衬裙闪动着
它特有的电流——
仿佛圣布丽吉①又一次
搭起了一道阳光
就像当空拉上一根绳
晾晒自己的斗篷
（处境艰难的布丽吉呀，
不停不歇地忙碌）——
潮湿、低迷、不公平的

---

① 圣布丽吉（St Brigid）是天主教中的爱尔兰主保圣女。

冗长工作日
便轻松度过了，
如常，而又辉煌。

# 来自古希腊的十四行诗（节选）

## 1. 进入阿卡狄亚

山路沿途的丰饶和阿门声。
在坳口向一个农民买了胡桃，
他从前在墨尔本工作，现在用芦苇
劈成的管子和渠道引水，这套系统
也许早在赫西俄德时代希腊人就知道了——
至少是这样。当我们越过边界
从阿戈斯进阿卡狄亚，深入
阿卡狄亚，一卡车
苹果倒在路面上，
于是我们的车轮就一路在苹果上压着碾着
但我们继续开，果汁爆浆，果肉飞溅，
恣意酣畅。然后是加油站前院
赶山羊的牧羊人，
在田园诗和翻译之外过活。

选自《区线和环线》（2006）

# 安阿霍利什，1944

"美国人来的时候我们正在杀猪。
那是星期二早上，阳光和血水流淌
在屠宰场外。从大路那边
他们应该能听到惨叫声，
然后听到叫声停了并看到我们
戴着手套和围裙从山坡下来。
他们排成两列，枪上肩，齐步走。
装甲车和坦克以及敞篷吉普。
晒黑的手和胳膊。不认识的，没名字的，
正集结开赴诺曼底。
　　　　　当时我们并不知道
他们去往何处，大家都像小孩一样站在那儿
等他们抛来香口胶和一筒筒彩色糖果。"

## 一切皆有可能

仿贺拉斯《歌集》( I.34 ) [①]

一切皆有可能。你可知朱庇特
通常要等到头顶乌云密布
才发射闪电吗？而就在此刻
他驱策他的雷霆战车和骏马

越过蔚蓝高天。它震撼人间
以及地下世界淤塞的冥河，
弯弯的溪水，和大西洋海岸。
一切皆有可能，最高的大厦 [②]

会倾覆，那些身居高位的会瘫倒，
被人无视的会得关注。利喙的命运

---

① 贺拉斯原作大致讲：我过去狂妄不信神，如今迷途知返，朱庇特的万钧雷霆震慑三界，颠覆高贵贫贱，还有命运女神呼啸，夺走王冠，放到别处。

② 指美国 911 事件。

俯冲扑来，它凌空一滞，扯掉某人冠冕，
血淋淋地给下一个人戴上。

土地屈服。天堂的巨重
像个茶壶盖在阿特拉斯背上翻动。
拱顶石松脱，一切都无法重置。
地母的尘灰和烈火蘑菇云蒸腾而起。

# 头盔

鲍比·布里恩的。波士顿消防队给他的礼物，
还有红字“布里恩”刻在那宽宽的
扇尾式帽檐。

斑斑汗渍和头油
浸湿的收缩海绵垫和减震网
衬起那盔帽——

毋宁说冠冕，确是冠冕——
皮革为表，钢铁为脊，手打，手缝，
顶饰一枚黄铜打造的小小花蕾……

鲍比·布里恩的荣勋头盔在我的书架
已有二十年，“部族之冠”，
正如奥格拉迪所言，

在那个下午名副其实的豪迈中
消防员诗人将它赠予我
这个“客座消防员”——

仿佛我般配，仿佛我能
光荣地戴上它，以及他的烈火英豪之盾，
他的铁肩破敌之甲，冒着熊熊屋顶

呼啸而下的碎玻璃和石箭
跟所有冲锋员和喷水员一起战斗
直到那硬体支撑的防护墙倒塌。

## 区线和环线

铁皮笛[①]的小调在地下
萦绕着我刚走过的长廊
在那头我总能找到我的哨兵，
他帽子搁在身前，正摇头晃脑，
手指翻飞，两只眼睛望着我
那无可指摘的神情我并未躲避
或者也不至于，毕竟我们出来都是
寻找自我。
随着音乐欢快蹦跳
我来回拨弄着早就在手里发热的
一枚硬币，但现在我目光低垂
因为我们的交易不就是彼此相认吗？
准许通过，我会收起钱然后点点头，
而他，还在望着我，也会点点头。

---

① 铁皮笛（tin whistle），爱尔兰传统乐器，类似牧童笛。

*

站岗，向前看，沿着自动扶梯
那空幻的堞墙起起又落落
一路在单调的轻微晃摇中运行，
我们肃立着被推移向前。
在别处，地下，有机车牵引，
隆隆，快速，平稳，安静。
白砖地面飞闪。通道里吹拂着
清凉隧道的气流，我怀念
那普照的光明，久远的神秘日子，
午餐时的公园里晒太阳的人
躺在剪饬的暖热草坪上不管不顾，
在大复活之前几分钟的
一派复活景象，频频往来于
他们的人间乐园，和轮休暑假。

*

下到另一层，月台人潮汹涌。

我又进入了数量的安全，①
人群既零落散乱又像串起来的
一条人链，推推搡搡的新来者
在那穹顶之下挤进又钻出，
都瞄准了第一个通过车门的位置，
像大街喧腾，然后又认命了像牛羊沉默……
我可曾背叛过吗，对自己还是他？
对于我总是新的，总是熟悉的，
这种不知悔悟，如今又转而悔悟
当我站定等候，欣喜于第一波震颤
然后就被那机不可失的洪潮一路裹挟
进入了漫漫列车的全体人流之中。

*

跨过空隙，踏入了车厢，
站在金属地板上，我伸手抓紧
一段粗短的黑木根茎②找好自己的位置，

---

① 数量的安全（the safety of numbers），俗话说人多势众时个体更有保护（defendit numerus），而近年统计发现，城市摩托车数量增多，伤人事故反而减少了。

② 根茎（root-wort），也暗指 root word：词根。

从下脚踵到上掌底都牢牢把稳，
而甜蜜的牵引和沉重的坠堕把我留滞。
我上路了，扎紧护具，但如临深渊，
根植于一个点，浮荡，游离，
耳听着那渐弱渐弱的后台声效，
我背后的门还没关上，月台已经空了；
真希望这一切能够持久，
漫长的中间时段的暂停直到机车一顿
然后波光合拢[①]，那时，任何莽撞急进
都不受欢迎，身体都要重新调整
对自己和他人身体不为人见的一面。

*

渐行渐深，人流扫荡，皮绳垂悬，
我高吊的手臂滴溜溜得像一个连枷，
我爸爸的脸和我的相映在波光中消淡着
又翘盼着……
又一次啸叫的

① 波光合拢（glaze-over），即车门关闭，也指眼光呆滞，开车之后乘客们进入麻木状态。

关门声，巨震和钢铁相撞
一过性的最高音，然后加速拖曳的
漫长离心力扯动每个吃力的关节。

就这样我们每日每夜被运载着
在地下隧道穿行，唯有一份残余
让我心有所属，飞驰向前啊，
它映照在一面玻璃窗上而镜面背后
是被爆破的哭泣的石墙。
一闪一闪。

# 午夜砧鸣

虽然我不在
但巴尼·德夫林[①]锤打
午夜的铁砧
我还是能听见：十二下
敲响千禧年。

*

远在艾伯塔省的埃德蒙顿
他侄儿也听见了：
移动电话
像马耳朵一样矗着，
巴尼跟自己微笑。

---

① 巴尼·德夫林（Barney Devlin），希尼家乡的一个铁匠，当时有90岁。参见早期诗《铁匠铺》。

*

过后我想到
教堂鸣钟星空传
然后又想象
巴尼把它交给我
“你来写首诗吧。”

*

我能做的不过是
引用那些烧开水似的
中世纪匠人歌：
“呼噗！噜咕！咕！”
喧响彻夜无人闻。

*

还有奥安 · 卢厄[1]

---

① 奥安 · 卢厄（Eoghan Rua Ó Súilleabháin，Owen Roe O’Sullivan，1748—1782），爱尔兰语民间诗人，极受民族复兴运动推崇。本段参见希尼同期诗《诗人对铁匠说》。

请谢默斯·麦杰拉特
给他打一把铲子
要锋利，锻打漂亮，
而且鸣声如钟。

## 抬

初萌的新芽：山楂树才刚挂叶。
她的殡仪队挤满整条路
仿佛从布列顿赦罪祭[①]的老照片

走出来，遥远又亲切的
戴头帽的女人和男人
四人一排行进，很快便陷入沉默。

这时传来直升机凌空飞过
压抑又响亮的抽打声，过后
我们才注意到自己的脚步声，

和风声，以及这“风声”两字

① 赦罪祭（pardon），法国布列塔尼地区的天主教传统游行活动，19 世纪末流行绘画题材，有自然派、印象派名作。另，布列塔尼为凯尔特人故地，与爱尔兰有深刻的情感联系。

背后的生命。我还记得她的惊恐，
像胎儿，战栗，流汗，皱缩，头发黏湿，

气梗滞，脸黯淡，那一闪而过的
失神目光，像直升机窗后面
隐隐的鬼祟监视。

人生，然后人死：静肃
让我们在团聚时团结，
所有告白都当直言不讳。

心爱的姑姑、好姐妹、乖女儿，
从小娇气，又如强韧的合金
兼有着执拗、仁慈和高傲。

到晚年，她才大胆尝试了某些乐趣——
她的喂鸟台和欢闹的雀儿，
还有衣橱和斗柜里的“时髦”。

到最后，天气才会畅所欲言。
在夏季最晴朗的那些早晨哀曲重奏，
雪花莲和五月花丛中孩子们死亡，

树木和花草目睹着一场场追思……
它们将她轻轻托在棺架。四个女人，
四个朋友——她应该称她们为姑娘——她们上前

要承担山楂树下的最后一抬。

# 赫卜镇[①]

三舌冰川已开始融化。
有人问，如果泥石流爆发
滚滚横扫三角平原还有

几千米冰层冲下，该怎么办？
我看到了，从空中，那崔嵬嵯峨
不死不灭的粉灰色八荒毛皮、万古后脖，

我慑于它的寒意，仿佛它足以
冰封了被呼吸模糊的舷窗，
冻结了坚如铁石的耕地上的涓流

以及每一个叫人口舌生津的温暖词语。

---

① 赫卜（Höfn），冰岛海滨小镇，以冰川和渔猎旅游闻名。

## 泰特大街

不是那块土黄土黄的车毯，从前
第一次把它铺在海滩却吸到陆地之气，
它童贞的折叠展开了，它的舒适区
边缘饰着黑褐色的毛尾穗子。

也不是那块干巴巴的，沾满面包屑
和蛋壳、橄榄核、奶酪、香肠皮，
曾摊在瓜达基维河[①]的急流边，
斗牛赛之前我们就在那里喝醉了。

而是在贝尔法斯特星期天关门的公园，
一个围合的后院，垃圾桶高大肃穆，
当一页书翻过，一只手指绕着暖暖的头发，
在毯子或它铺着的地面上什么都没出现。

---

① 瓜达基维河（Guadalquivir）位于西班牙南部，流经历史名城塞维利亚。

我全身躺下来体会这嶙峋大地，
因为不舒服使得感觉愈加敏锐，
但一直没挪出这块格子方毯。
若是动起来，我懂你的分寸你也懂我。

# 格兰莫的乌鸫

我来时，你在草地上，
给静寂注入生命，
但只要稍有不对
就随时会惊飞。
我走时，你在青藤中。

是你啊，乌鸫，我爱。

我停车，止步，留心。
呼吸。只是呼吸静坐
然后我曾翻译过的诗句
又浮现：“我想离去
去死者居所，去我爸爸

低矮的泥土屋”。

我想起有个人已去了他那里，[①]
一个小小的静寂舞者——
揪心的儿，早夭的兄弟——
蹦蹦跳跳穿过院子，
见我回家乐坏了，

我的想家第一学期结束。

又想起一个邻居
事故之后很久说的：
“那只鸟在棚屋顶上，
就在屋脊上停了几个星期——
我那时候什么都没说，

但我根本不喜欢那只鸟。”

车门自动锁
咔嗒关上，乌鸫的恐慌
是短暂的，在一瞬间
我从鸟瞰里看到自己，

① 指希尼早夭的弟弟，参见早期诗《期中短假》。

砾石路上的一个影子

在我的生命居所面前。

树篱雀跃者呀，对你而言
我是绝对，你的伶俐回嘴，
你的每一次若即若离的回归，
你挑剔的、神经质的金喙——
我来时，你在草地上，

我走时，你在青藤中。

选自《人链》（2010）

# 要不是我警醒……

要不是我警醒我就错过了，
那阵风升腾又呼旋直到屋顶
跟灵动飞落的槭树叶一起噼啪作响

并催我起床，叫我也浑身噼啪，
活脱又带劲儿的像一张电网：
要不是我警醒我就错过了，

它来了又去让人无法预料
而且它甚至还有点危险，
会转头扑来像野兽进了家门，

一个快递炸弹[①]在当时当场
废止了日常生活。但不会永远
如此。现在也不曾。

---

① 快递炸弹（a courier blast），也可理解为：一阵信使狂风，它转眼就堕入庸常。

# 康威史都华钢笔[①]

“中号”，14 开金笔尖，
三道金圈勒着带笔夹的螺牙笔帽，
花色笔身上有个小小的长匙状

泵动上墨杆[②]
店老板
向我演示，

笔锋出鞘，
请它在新开的墨水瓶里
享受第一次深潜，

---

① 希尼考上德里圣高隆中学时，父母给他买了一支 Conway Stewart 钢笔，这个牌子很受当时年轻人喜欢。另参见希尼早期诗《挖》。

② 该厂钢笔的招牌设计是把活塞上墨装置的扳子做在花色赛璐珞笔身外侧，略如长柄小圆匙状，很精巧。

黏乎乎的，稀溜溜的，
把它插好然后找个角度
慢慢地吸，

让我们有时间
一起观看，不去管
我们原定的傍晚时离别，

以及我在次日
要写给他们的书法：
“亲爱的”。

# 奇遇诗[①]

爱的奥义在灵魂中生长，
但肉体才是他的《圣经》。[②]

1

系带子，推轮子，顶叉子，锁定
各部位然后才开车，
骨头震震，咣当加速，

护士坐前排乘客席，你被安顿
在她腾出的角落，我则仰头平躺——
我们的姿势一路上保持不变，

---

① 奇遇诗（Chanson d'Aventure），原指中世纪吟游诗歌唱本的一种类型，最初多为情爱叙事。

② 引自英国玄学诗人约翰·邓恩的《狂喜》（*The Extasie*）。

一切的一切都未曾开口说起，
我们的视线如激光穿梭，这样的交通[①]
此前还从没有过，在阳光下的寒凉

星期天早晨的救护车里，
那时，爱人呀，我们正当吟咏邓恩：
爱会停滞，若肉体和灵魂分离。

2

分离：这个词就像一口大钟
让马拉奇·博伊尔执事叮咚鸣响了
贝拉吉的“那个时候”，[②]

或是我在德里中学轮值日
敲的校钟，那种拉力至今仍存留
在我曾经温暖有劲的手掌根部，

---

① “我们视线交织”是邓恩《狂喜》名句。交通（transport）也常指：心荡神移的狂喜。

② 那个时候（In illo tempore），拉丁文，指已成往昔的某个时候，常出现在天主教弥撒仪式中间阶段宣读本日福音经的开头。贝拉吉（Bellaghy），希尼家乡的小镇，他选择死后在这里的教堂墓地安葬。

但这只手已无法再感觉你的双手
整整一路上予以的扶持和捂暖，
它笨重地耷拉着像一条钟索，

我们全速驰过邓格洛、
格兰多安[①]，我们的注视心荡神移
并被一根吊起的输液导管平分两半。

3

德尔斐神庙的驭手还在独自坚持，
他的六骏和战车都不见了，
他的左手断掉，

只剩腕子还硬杵着像开口的茶壶嘴，
青铜缰绳在他的右手里飘扬，他的注视
一片乌有恰如那本该出现马匹的空间，

他向前看齐、立正的姿势就跟我
在走廊做理疗一样，苦苦支撑

---

① 邓格洛（Dungloe）、格兰多安（Glendowan）均为爱尔兰北方小镇。

在两根辕杆之间我仿佛又再次找回了

自如的步调，别人扶着我的手，
犁头的每个滑动，它碰到的每块石头
都像脉搏在木质手柄中逐一登记。

# 神迹[①]

不是那个拿起褥子就走回家的人，
而是那些对他一直很了解
并抬他进来的人——

他们肩膀麻痹，脊背里紧锁着
疼痛和佝偻，担架把手上
汗渍溜滑。但不松劲

直到将他牢牢绑住，可以斜着
抬到瓦顶上，然后再缒下去求治。
请关注那些人，他们站在一旁

等着绳索拉伤的灼痛变凉，
等着他们的轻微晕眩和疑心
也消散，那些人对他一直很了解。

---

① 参见《圣经·新约》（太 9：2—8、可 2：1—22、路 5：17—26）中耶稣行神迹、治好瘫子的叙述。希尼在《重访格兰莫·天窗》也用过这个典故。

## 人链

致特伦斯·布朗[①]

看着一袋袋粮食一把把传递
在特写的救援人员手中，还有士兵
往暴民上空鸣枪，我又重新站稳

一把攥住了麻袋的两角，
满满两大包谷子让我铆足了劲
才能找对姿势，准备扛活——

眼对眼，一二,一二，抡上拖车，
然后又弯下腰，生拉硬拽
下一个麻袋。什么也比不上

瞬间释负的轻松，累断腰的最实在酬劳，
这种解脱感是不会再有了。
也许还有一次。以后就没了。

---

① 特伦斯·布朗（Terence Brown，1944—　），爱尔兰现代文学史家。

## 110 路（节选）①

给安娜·罗斯 ②

1

穿着沾污的开襟店员大褂——
枯褐色底子镶绯红绲边——
由古典名著区走进一条过道，

从那腐朽气和消毒水味儿中，
她现出身来，正专心数着硬币，
目视前方，右手忙活

在她那育儿袋一般宽大的
零钱兜里，想着该怎么卖

① 110 路是北爱尔兰长途班车路线名，经过希尼家乡一带，开往贝尔法斯特。

② 安娜·罗斯（Anna Rose）是希尼的大孙女。

一本二手的《埃涅阿斯纪》第 6 卷。[1]

在阅览间门口我吸纳着
灰扑扑的空气而她将我的购书
送进一个毛边牛皮纸口袋。

2

只要司机扭动一个小手柄
各个站点的名字就开始
在显示板飞快翻动，一切

都活了起来。乘客们
成群拥向路牙子就像惊飞的白嘴鸦
围着鸦巢，全体出动

但又迟疑不定。这时候检票员
那个在车站和班车上专管鸡飞狗跳的人
就过来给大家进行甄别和指导，

---

① 《埃涅阿斯纪》第 6 卷主要讲埃涅阿斯游历地狱的见闻，他由此认识了命运，预见了罗马后裔的荣光，后文多处与此书有关。

但他不报站名而是叫线路编号，
于是我们听从指挥各自归队，我
是 110 路，经图姆和马赫勒费尔至库克斯敦。

3

如今是生养的年代。从前
在黎明时会有熬夜不去的人
从我们后园下边摘了鲜花

来压住种种酒气烟味儿
然后在诊所门外守候
那上午妈妈和小孩的平安，

如今，向一个刚结束了荫荫河边
漫长等待的人送上感恩献礼，①
我带来一束麦穗，粒粒闪着银光

像永不熄暗的灯芯
因她已地光破晓而我们团聚
一起说着丫丫。

---

① 给跨过冥河投胎成功的新生儿送上贺礼。

# 房门开着但屋里黑着……

悼念大卫·哈蒙德①

房门开着但屋里黑着所以
我就喊他的名字，尽管我知道
这一次的回答将是沉默

于是我站定着倾听它渐渐地
向后弥漫一直往外蔓延到街上，
那边的路灯（我回想起来）

在我进去之前还是黑的。
我感到，初到贵地，我是个陌生人，
形同贼寇，一心想着要逃

① 大卫·哈蒙德（David Hammond，1928—2008），北爱尔兰歌手、纪录片导演。

但又明知这里没有什么危险，
只碰到退避，一种并非不欢迎的
空无，就像在夏末的午夜

杂草丛生的机场上的一座厂棚。

# 在阁楼

1

像吉姆·霍金斯爬上伊斯帕纽拉号[1]
高高的桅顶桁，他低头看去
只见沉沉碧波和清清沙底，

船只搁浅了，歪倒的桅杆远远伸向
海床上空，彩鱼成群在水里穿梭——
它们游过之后，伊斯雷尔·汉兹的脸

在他被吉姆打死之前会从桅索上冒出来[2]
现在又浮上水面……“但他死透了，”
故事说道，“枪打又水淹的。”

---

① 诗中场景出自史蒂文生小说《金银岛》。
② 桅索（shrouds），也可理解为：裹尸布。

2

二十年前栽下的一棵桦树
隔开了爱尔兰海和阁楼
天窗下的我，一个逃亡

在自家顶楼的人，一个
在人生的桅台上整装待发的少年，
被喷笔来回修饰，迎风踉跄，振奋于

从船龙骨到桅顶的所有喋喋嗡嘤，
他要揉揉眼睛才能相信它们以及眼前这棵
轻舟万里、乘风破浪、高挂云帆的桦树。

3

亡魂踏上曾经的“坚实陆地”，
爷爷从门厅的油地毡出现，
他话音颤颤像一块招风的银幕，

那是早些时候挂在俱乐部

放日场电影。我刚看完回来，
他问我："里边有艾萨克·汉兹吗？"

他对人名的记忆也颤颤了，
他的错误是永续的，一错再错，
就像伊斯雷尔尸体落水时浪花一朵。

4

当我年老已健忘人名，
当我迟疑的腿脚在楼梯上
已越来越不知轻重

像舱底工第一次爬上缆索，
当所有眷恋都倒空
变成不可追回，

但我并非无法想象
当清风徐来、铁锚触底之时
那种略微的顿挫和倾覆感。

# 给艾薇因[①]的风筝

## 仿乔万尼·帕斯科里《风筝》[②]

来自别样生命和时间地点的空气，
淡淡蓝的天国之气托着
一扇白翅在风中鼓翼高飞，

啊，那是风筝！像从前的下午
我们成群结队出发
穿过荆棘树篱和扎人的刺头，

我又站到这个位置，久久在
安阿霍利什山脚仰望蓝天，
重回那片田野放飞我们的长尾彗星。

---

① 艾薇因（Aibhín）是希尼的二孙女。

② 乔万尼·帕斯科里（Giovanni Pascoli，1855—1912），意大利诗人。希尼晚年译过帕斯科里的《风筝》（L'Aquilone），下面这首诗基本出自前作中段 6 个小节译文。

此刻它歪斜斜地盘旋，拉起，转头，俯冲，
然后飞升，它随风而上，一直
让我们在下边高声地欢呼。

上升着，而我的手像个线轴
不停转动，风筝像一棵细长花藤
攀援着，上啊上啊更远更高，

携着放风筝人的胸膺和稳扎的双脚
以及专注的脸庞上的那份渴望
直到断了线然后——分离，欣喜——

风筝远去，孑然一身，像风吹落的果实。

# 遗作

## 应时合拍

给希芙拉①

能量、平衡、爆发：
一边听着巴赫
我能看到你在多年之后
（远过了我应得的年寿）
蹒跚学步的婴孩已长成
一个稳当当的大女人。

你的赤脚踩在地板上
领我步步紧跟；这种力量
我在我们家水泥地面
也曾有过初次的体验，
它触摸你的后跟和脚底
并让你在此处真正接地。

---

① 希芙拉（Síofra）是希尼的小孙女，当时2岁。

一部清唱剧[①]
将来正适合你的所需：
能量、平衡、爆发
自由自在地挥洒，
但现在我们先应时合拍，
轻轻迈步，静静无声。

2013 年 8 月 18 日

---

① 清唱剧（oratorio），又译神剧，多为宗教题材音乐剧，但没有歌剧的剧情、场次、布景、服道化等。希尼构思这首诗的时候正在听 BBC 逍遥音乐会节目播放的巴赫清唱剧《复活》《升天》。另，oratorio 与 oratory（讲演术、雄辩）同源，希尼本人曾在哈佛大学多年担任修辞与讲演术教授。

# 译后记

> 我享受着过分的幸运。首先，我把自己能找到一条走进诗歌写作的门径视为幸运。然后是我的早期作品赢得了赞赏，还有我人生的方向和身份随之而来的稳固，与爱情谐调发展——我把它视为真正的赐福。当然，这一切还包括友谊、家庭美满和心爱者的信任。
>
> ——谢默斯·希尼，1994 年 5 月，《巴黎评论》访谈

谢默斯·希尼是一位大诗人，想用一本书把他的一生创作都读完、读透，是不可能的；但如果目标小一点，做成真正的精要版，那将是一件美事。这样的一本书却是他多年的夙愿，最后由他的家人替他完成了。这本书可以随身携带，它像一扇简洁、雅致的园门，令人一看就亲切、舒服，并永远敞开着，随

时迎纳更多的爱好者和可能感兴趣的人，来加入一场永不落幕的欢聚。对希尼这样一位深刻眷恋着土地和人民的诗人来说，这本“入门级”小书是恰如其分的纪念。

诗集编选者为希尼的家人：他的妻子玛丽，子女迈克、克里斯和凯瑟琳。执行编务者可能主要是凯瑟琳，但在某种意义上完整名单也许还包括希尼的孙女安娜、艾薇因和希芙拉，以及其他亲友，毕竟这是希尼家族的一件大事。希尼的子女家学渊源，就连孙辈也在安排着传承教育，他们的资格是不必质疑的。这样的编辑方案给一项伟大文化遗产带来了公共性和私密性的交织回响，突然间，事情不再那么一本正经，它在艺术和学术的严苛条框之外，添加了一个温馨、温暖的灵动空间。

一百首诗，能容纳多少、体现多少？除必选、精选之外，这部特殊的集子更侧重诗人与亲人以及自我的紧密关联——亲人，显然是这个“家选本”的天生属性，我们可以从书中看到希尼数十年如一日地秀恩爱、撒狗粮、晒娃、念亲恩、致友人，以及为着家中的各种红白事而难以自控的喜悦、哀伤和焦虑，等等。但他们在诗中又迅速地走出起居室的亲昵私语，被放大到亲朋好友、乡民邻居、国人同胞以及生活着、生活过的人类。而诗人的自我也在这些人之中建构起来，他的艺术追求、人生牵念、生命关怀都和这些亲人们一起展开，甚至包括那些沼地古尸和所有无名死者都通过这本特殊的选集而“正式”进入了诗人希尼的家谱以及他的自我。

未被选入的诗作当然并不一定就是不好。相当一部分在希尼本人的几本自选集中已经放弃，另外，学术性太强的“古诗今译”也未选入，至于其他落选者，我想是因为它们对于希尼家人来说缺乏某种足够强烈的感动吧。对希尼的老读者而言，最值得注意的是，这次由希尼家人另选出了一些在其他选本中未曾出现过的诗作，如：青春爱情诗《双倍羞羞》《脚手架》，悼念师友罗伯特·洛厄尔的《挽歌》，俳句《87 年 1 月 1 日》等等，它们也是首次与汉语读者见面。家里人和老头子有不同看法，这就有点意思了。

希尼几十年的写作当然经历过不同的风格、主题等等变化，所以他本人希望最后出一个单卷本精选集来予以涵盖自己的一生，这是本书的动机。一般来说，希尼在二十世纪八十年代离乡赴美之后，诗歌从抒情趋向内敛，从控诉转向沉思。实际上，事情没有“一、二、三”那么简单，但这本选集确确实实给我们提供了方便的观察窗，管窥一位大诗人终生不变的坚持和不断求变的探索。变化是肯定有的，而最终给我个人留下深刻印象的却是希尼的“不变”。

比如，早期作品《挖》说到的那支有名的大头钢笔，在四十多年后的《康威史都华钢笔》中用另外一种写法重现，它似乎补充了青春回忆的“冷细节”，但与早年那些关于父辈挖土劳作的“热情怀”并没有什么冲突。还有，从早期的《铁匠铺》，到晚年的《午夜砧鸣》(《希尼自选诗集 1988—2013》未收入)，同一题材、主角的诗作，除了格律差异之外，只是年齿增长之后考虑问题方面的不同而已，一致性更胜于差异性。

也许，一个译者一次性地集中应对那么多个样本，会更倾向于一致化地处理。但另一方面，我们不妨考虑，这本诗集是要体现诗人希尼的不变情怀，以及他和亲人们的不变的牢固联系。

本书原版不分章节，为方便读者，译本按希尼的诗集单行本情况做了一些划分。前译希尼自选诗集《消失的岛屿》中的一些错漏或不尽人意之处，在这个版本中已有修正。每一点都是向着更好前进。译事与欣喜和缺憾永久为伴，与亲人也如此。感谢我的妻子、诗人俞余，她凭着语感和逻辑对部分译稿进行细致推敲，专捉硬伤，为本书校对稿提出了许多非常重要的建议。能和她一起看稿真是一件快乐的事情。

罗池

2019 年 9 月 26 日